Sina Blackwood

AF191690

Der Sieg des des Retiarius

Bibliografische Informationen der Deutschen Nationalbibliothek:
Die Deutsche Nationalbibliothek verzeichnet diese Publikation in der Deutschen National-bibliografie; detaillierte bibliografische Daten sind im Internet über http://dnb.de abrufbar.

© 1. Auflage: September 2023

© Coverbild: A brutal portrait of an ancient Roman warrior. Mark Antony. Adobestock 576347344   © Vadi Fuoco

Umschlaggestaltung: Sina Blackwood
Layout: Sina Blackwood

Herstellung und Verlag:
BoD – Books on Demand, Norderstedt
ISBN: 9783757882938

Inhaltsverzeichnis

Endlich Urlaub

Gianna Martinelli warf zum Feierabend ihre Schürze in den Sack mit der Schmutzwäsche. „Endlich Urlaub!", jubelte sie.

„Den hast du dir redlich verdient", erwiderte ihr Chef Alessandro. „Wirst uns fehlen. Keiner von uns spricht so gut Englisch und Deutsch, wie du. Da werden sich die anderen strecken müssen, um die Trinkgeldkasse zu füllen."

Gianna lächelte vergnügt. Sie arbeitete seit fünf Jahren im Melograno auf der Piazza di Trevi in Rom, verkaufte Pizza, Eis und Getränke an die unzähligen Touristen, die Tag für Tag den berühmten Trevi-Brunnen besuchten.

Ursprünglich nur als Studentenjob gedacht, war sie schließlich nach dem Studium Teilzeit hiergeblieben, um einen Ausgleich zum Job als Übersetzerin für lateinische Fachtexte zu haben. Sie liebte den Trubel am Brunnen, blieb ruhig und gelassen, auch wenn die Gäste das Melograno regelrecht überrollten. Bei ihr wurden selbst die größten Muffel handzahm, was natürlich höheres Trinkgeld generierte. Zudem schien sie buchstäblich jeden Stein des historischen Stadtkerns persönlich zu kennen, samt der dazugehörenden Geschichten, hatte also stets einen guten Rat, um verborgene Schönheiten zu entdecken.

„Schon was gebucht?", fragte Alessandro.

„Ja, aber noch keine Bestätigung erhalten", seufzte Gianna. „Theoretisch soll es übermorgen an den Gardasee gehen. Mal ein bisschen Mittelalterflair statt jeden Tag Antike."

„Ein Wunder, wo du doch fast ein wandelndes altrömisches Geschichtslexikon bist", grinste Kollege Tizian, „Ich hatte eher gedacht, dass du nach Athen fliegst, weil du ohne Antike nicht leben kannst."

„Noch eine Eule mehr hält Athen gar nicht aus", prustete Gianna heraus.

Die Kollegen kicherten vergnügt.

„Wer weiß, wozu mein Antikenfaible gut ist. Vielleicht heirate ich ja mal einen alten graubärtigen Geschichtsprofessor, der mir, statt Liebesgeflüster, etwas über dorische Säulen und Puzzolane für den römischen Beton in die Ohren säuselt", schmunzelte sie.

„Wenn es um Beton geht, solltest du Mario Ponti nehmen. Oder ist der nicht alt genug?", grinste Alessandro, darauf anspielend, dass ihr der mittvierziger Bauunternehmer regelrecht zu

Füßen lag. Er kam fast jeden Mittag auf einen Snack, nur um ein paar Worte mit der hübschen und cleveren Brünetten zu wechseln.

Sie verhielt sich ihm gegenüber, als bemerke sie es nicht einmal. Auch jetzt winkte sie ab. „Ich will keinen Mann haben, wegen dem sich andere die Tastatur vollsabbern, nur weil sie ihn auf einem Bild im Internet sehen."

Alessandro begann schallend zu lachen. „Klare Ansage. Wie sollte der Traumtyp sein? Denn das mit dem alten Professor meinst du doch hoffentlich nicht ernst!"

Gianna lächelte versonnen. „Groß ... athletisch ... Ich stelle ihn mir wie einen siegreichen Retiarius vor, einen Gladiator mit Wurfnetz, Dolch und Dreizack. Der mit Kraft, Koordination, Schnelligkeit und Willensstärke gegen all die anderen, viel mehr gepanzerten, Kämpfer bestehen kann."

„Äh ... das ist noch krasser als der Professor", erschreckte sich Alessandro.

„Wer weiß?" Gina hängte sich ihre Tasche über die Schulter, winkte in die Runde und schlenderte davon. Urlaub. Endlich Urlaub. Hin und wieder musste auch sie eine Auszeit vom babylonischen Sprachgewirr des täglichen Bistro-Jobs haben.

Statt den teuren Bus Linie 85 zu nehmen, der direkt am Kolosseum hielt, ging sie die Strecke bis dahin zu Fuß. Rund 20 Minuten und bei solch schönem September-Wetter nun wirklich keine Hürde.

An der Galeria Colonna, einem Palast aus der Barockzeit, der nun Museum und Kunstgalerie beherbergte, musste sie grinsen. Von wegen nur Antike! Das Romanistikstudium hatte viele Berührungspunkte zu anderen Epochen gehabt. Latein war einst eine beliebte Sprache für okkulte Zaubersprüche gewesen. Sie konnte den Hauch der Mystik spüren, wenn sie solcherart Texte untersuchte und übersetzte. Nicht, dass sie sich hätte privat mit Okkultismus befassen wollen! Das Gefühl war einfach da und einmal hatte der Professor beim Studium sogar gesagt: ‚Sie wären früher sicher als heilkundige Nonne zu Ruhm gelangt.‘

„*Na prima! Und dann als Märtyrerin lebendig begraben worden, wie eine Vestalin*", hatte ihre innere Stimme belustigt hinzugesetzt.

Als Vestalin, wäre eher unwahrscheinlich gewesen. Sie hatte noch keinen Mann getroffen, für den sie sich mit Haut und Haar dem Teufel verkauft hätte, um beim Mittelalterjargon zu bleiben. Egal, ob er im Reichtum schwamm, wie Mario Ponti. Neben einem Türrahmen zu stehen, hatte den gleichen Effekt. Keinen. Da war null Gefühl.

Am Kolosseum herrschte, wie immer, Hochbetrieb. Gianna schlängelte sich, auch wie immer, durch die Massen. Sie passierte eine Reisegruppe und mäßigte ihr Tempo, denn die Worte rete, tridens und galerus waren gefallen. Die Stadtführerin beschrieb soeben perfekt die Bewaffnung eines Retiarius'. *„Sollte das wirklich Zufall sein?"*, dachte Gianna, deutlich eine Gänsehaut auf ihren Armen und ein wohliges Kribbeln auf dem Rücken spürend. Sie drehte sich sogar unbewusst nach jener Stelle um, an der einst die größte Gladiatorenschule, der Ludus Magnus gestanden hatte, der durch einen Gang mit dem Kolosseum verbunden gewesen war. Ein paar Minuten später bog sie in die kleine Nebenstraße ein, wo ihre Wohnung lag. Mitten im historischen Kern, ein wenig gehobener Komfort, aber bezahlbar. Das Leben in der Freizeit spielte sich ja doch mehr auf der Straße mit Freunden als in den eigenen vier Wänden ab.

Gianna fuhr den Laptop hoch, checkte ihre Mails und riss triumphierend die Faust nach oben – sie hatte die Bestätigung für zwei Wochen Urlaub am Gardasee erhalten. Endlich!

Die Zugverbindung Richtung Garda war schnell herausgesucht, die Fahrkarten elektronisch gebucht. Nun ergab sich auch erst der Sinn, den Koffer zu packen.

Sofort steckte sie ihre Kamera mit Ladekabel hinein. Sie freute sich darauf, Bilder zum Herbst-Äquinoktium, aufzunehmen. Zur Tag-und-Nacht-Gleiche, jetzt im September, die zufällig mitten im Urlaub lag. Äquinoktium, ein Phänomen, das schon seit Urzeiten Mystisches für die meisten Völker hatte. Zufällig mitten im Urlaub? So etwas gab es nicht. Alles hatte einen tieferen Sinn, wie Gianna immer wieder feststellte. Wenn ihre Prophezeiungen dann eintrafen, liefen den Freunden stets kalte Schauer über den Rücken.

„Du könntest glatt der Pythia Konkurrenz machen", stellten zwei Freundinnen synchron sprechend fest, worauf die anderen leicht beklommen wirkten.

Gianna lachte herzlich. „Womit bewiesen wäre, dass es keine Zufälle gibt."

Es waren übrigens die einzigen noch freien Tage in einem bezahlbaren Hotel direkt am See gewesen. Was für ein Zufall! Oder eben nicht.

In den rund sechseinhalb Stunden Fahrzeit über Florenz und Bologna wollte sie die Landschaft betrachten, fotografieren, Kreuzworträtsel lösen oder lesen. Sie freute sich auf einen Ausflug nach Sirmione zu den Grotten des Catull, jenen Mauerresten der riesigen Villa aus altrömischer Zeit. Gianna schmunzelte bei dem Gedanken. Ganz konnte sie wohl nirgends von antiken Überbleibseln lassen. Da musste das Mittelalter, trotz Okkultismus, warten.

Sie goss noch einmal ihre Zimmerpflanzen, schaute sich um, schloss die Wohnungstür ab und ließ sich mit einem Taxi zum Bahnhof Roma Tiburtina bringen. Ein Blick auf die Uhr: genug Zeit für einen Espresso. Der konnte zwar nicht mit dem des Melograno mithalten, weckte aber zuverlässig die letzten noch schlummernden Lebensgeister. Eine Viertelstunde später lag Rom, Roma Capitale – die Hauptstadt, bereits hinter ihr und der Zug durcheilte die weitläufige Region Latium. Vorbei an Orvieto in Umbrien in der Provinz Terni, dem geheimen Zufluchtsort einiger Päpste, ging die Reise zum

Zwischenstopp Florenz, der Hauptstadt der Toskana. Rund zweieinhalb Stunden. Die Züge fuhren im 60-Minuten-Takt von Rom aus hierher, wie ihr der Fahrplan am Bahnhof verraten hatte.

Bologna, der nächste Halt, war die Hauptstadt der norditalienischen Region Emilia-Romagna. Es hieß, die Stadt sei die Heimat der Tortellini. Gianna schmunzelte. Sie mochte die größeren Tortelloni lieber, weil die mehr Füllung hatten. Da war sie in der Garda-Region genau am rechten Fleck. Hier gab es das Tortellini-Fest Festa del Nodo d'Amore in Valeggio sul Mincio, das auf einer regionalen Sage fußte. Nur hatte das schon im Juni stattgefunden. Man musste sich Monate vorher um Karten bemühen, weil es mehr Interessenten als Plätze auf der Visconti-Brücke gab, wo es jährlich gefeiert wurde.

In Garda, in der Provinz Verona, am Rand der Region Venetien, kam Gianna am frühen Nachmittag an. Da der Ort selbst bereits seit 1956 keine Bahnstation mehr hatte, musste sie in Peschiera del Garda aussteigen und mit dem Schiff weiterfahren. Endlich im Zielort angekommen, rief sie ein Taxi, um sich zum Hotel ‚Alla Torre‘ bringen zu lassen. Sie checkte ein, nahm

Informationsmaterial entgegen, dann suchte sie ihr Zimmer auf. Es lag wirklich im alten Uhren-Turm, wie sie hocherfreut feststellte. Da das Drei-Sterne-Hotel von Reisegruppen regelrecht überrannt wurde, was sie aus den Bewertungen des Hauses wusste, hatte sie nur Übernachtung mit Frühstück gebucht. In der Hoffnung, am Morgen überhaupt einen Platz im Speisesaal, außer Haus, quer die Straße runter, zu ergattern. Man konnte ja warten, bis die Menschenmassen zu ihren Tagesausflügen aufbrachen, um wirklich Ruhe zu haben. Wer den Trubel am Trevi-Brunnen gewohnt war, werde hier ganz sicher schnell eine passable Lösung finden.

Gianna richtete sich häuslich ein, bestückte ihren kleinen Stadtrucksack, um die erste Runde am See entlang zu gehen und die nähere Umgebung zu sondieren. Sie fand eine völlig leere Bank, die nur auf sie gewartet zu haben schien. Mit einem zufriedenen Seufzer ließ sie sich nieder, kaum merkliches Wellenspiel und Wasservögel beobachtend. Die ungewohnte Ruhe tat ihr gut. Lacus Benacus, wie die alten Römer den herrlichen See nannten, zeigte sich von seiner wundervollsten Seite. Tiefblaues spiegelglattes Wasser, azurblauer Himmel und in der

Ferne die Silhouetten der gegenüberliegenden Berge.

„Ja, ja, die alten Römer", huschte es belustigt durch Giannas Gedanken. Die waren allgegenwärtig und wie eine zweite Haut, die sie umgab. Kein Wunder, war sie doch selbst als echte Römerin geboren, die den Hauch des Historischen fühlen konnte.

Langsam meldete sich der Hunger. Zeit, sich um das Abendbrot zu kümmern. Zudem begann die Sonne bereits zu sinken, wobei sie den Himmel in zarte Pastellfarben hüllte. Gianna nahm eine ganze Bilderserie auf. Auch die überall aufflammenden Lichter am Ufer, die mit Lichterketten umwickelten Palmenstämme und den kleinen Pavillon, der direkt ins Wasser gebaut war, fotografierte sie.

In einer der winzigen Gassen gleich hinterm Uhrturm fand sie ein passendes Restaurant, um einzukehren. Sie wählte Kulinarisches aus der Region, bestellte ein Glas Wein und störte sich nicht daran, dass man sie als Single besonders intensiv beobachtete. Gegen 22 Uhr schlenderte sie zum Hotel zurück, wo sie Pläne für sie nächsten Tage schmiedete.

Merkwürdigkeiten

„Ich habe Urlaub und mich treibt keiner", dachte Gianna, sich die Busverbindungen nach Sirmione heraussuchend. *„Wozu im Bus hocken, wenn es ganz passable Schiffsverbindungen gibt?"*, schaltete sie plötzlich auf Vergnügen bereits unterwegs um. Zwei Stunden auf dem Wasser machten, bei schönem Wetter, sicher mehr Spaß, als Busfahren. „Gebucht, bezahlt, kann losgehen!", freute sie sich auf den nächsten Morgen.

Dass sie die ganze Nacht vom heimischen Tiber träumen werde, hatte sie nicht geahnt. Vor allem schien es nicht die Jetztzeit gewesen zu sein, grübelte sie beim Frühstück. Aber im Traum verwob sich ja mitunter vieles zu Groteskem. Mit den Schultern zuckend trabte sie schließlich zur Anlegestelle. Sie erwischte diesmal sogar einen Platz direkt an der Reling, von wo aus sie beste Sicht zum Fotografieren hatte.

Bei strahlendem Sonnenschein erreichte sie Sirmione, blieb an der Büste des Catull stehen, um sich zu orientieren. *„War ja klar, dass ihr hier von einem alten Römer begrüßt werde"*, grinste sie in sich hinein. *„Salve Gaius Valerius Catullus!"*

Kaum hatte sie die Grußformel gedacht, fühlte sie eine Antwort und sich gleichzeitig intensiv beobachtet. Sie drehte sich sogar forschend um. Aber da war niemand, dem sie gesteigertes Interesse ansehen konnte. Kopfschüttelnd begab sie sich auf den Weg zum Nordzipfel der Halbinsel, um die Reste der altrömischen Villa, die man heute ‚Grotten‘ nannte, zu besuchen. *„War ja auch klar, dass ich zuerst den alten Römern meine Aufwartung mache"*, kicherte sie innerlich. *„Aber wenn man so nett empfangen wird, bleibt das wohl nicht aus."* Die leichte Berührung am Arm in diesem Moment, konnte sie sich nur eingebildet haben. Da waren weder andere Menschen noch Blätter oder Zweige gewesen, die sie hätte streifen können.

„Pffff! Ich glaube, es war höchste Zeit für Urlaub", murmelte sie, der staubigen Straße weiter folgend.

Am archäologischen Gelände angekommen, löste sie Tickets für das Museum und den Außenbereich. Zuerst besuchte sie die Innenräume, wo wieder dieses vertraute Gefühl aufkeimte, wie bei allem, was mit dem antiken Rom zu tun hatte. Aber auch das Empfinden, beobachtet zu werden, schlich sich wieder ein. Nur hatte das nichts mit den allgegenwärtigen Kameras in solchen Ausstellungen zu tun. Es fühlte sich auch nicht beängstigend an – eher neugierig wohlwollend.

„Vielleicht spiegelt es ganz einfach meine innere Stimmung wieder", versuchte es sich Gianna selbst zu erklären, die manchmal ihren siebten Sinn verfluchte. Der schien wie ein Seismograf auf alles Antike zu reagieren. Dass sie hier der Hauch der Jahrtausende umwehte, ließ sich nicht wegreden. Aber den gab es woanders auch, ohne sich als imaginäre Präsenz zu manifestieren. Immer wieder schien jemand neben ihr zu stehen, sie zu begleiten und zu beobachten.

Gianna fotografierte die Ruinenreste und notierte sich ihre Gedanken im Angesicht der Erhabenheit des Standortes. Damals war es die gleiche grandiose Aussicht auf den zauberhaften See gewesen, wie heute. Man musste über Geld und Macht verfügen, an so exponierter Stelle einen Prachtbau errichten zu dürfen. Die verwöhnten Römer brauchten nicht einmal auf ihre geliebten Thermen verzichten, weil im See heiße Quellen sprudelten.

Gianna seufzte. Sie würde es auch sehr genießen, in einem Hotel mit rundum Wohlfühlprogramm zu residieren. Zwangsläufig dachte sie an Mario Ponti, für den diese Preisklasse Normalzustand war. *„Für einen luxuriösen Sommerurlaub an jemanden wie ihn und Zwänge gefesselt sein? Niemals! Ich glaube an die Liebe!"*

Der Baulöwe stand in dem Ruf, seine Lebensgefährtinnen wie Handtücher zu wechseln und öfter zweigleisig zu fahren, was die Damen betraf.

Gianna ließ noch einmal den Blick schweifen, dann trat sie gemächlich den Weg zur Scaligerburg an. In einem der kleinen Restaurants legte sie eine Mittagspause ein, um sich zwei Ecken weiter noch ein Eis zu kaufen. Die Freunde hatten recht gehabt. Eis schmeckte hier besonders gut.

Um die Rückfahrt nicht zu verpassen, stellte sie den Handywecker ein. Mit gutem Gewissen durchstreifte sie nun endlich die Burg, einige Seitengassen mit reizenden kleinen Geschäften und stattete der alten Kirche einen Besuch ab.

„Das ist kein Historiendauerlauf, was ich mache, das ist Sprint", grinste sie. Zwei der hübschen Muschelschalen vom Seeufer nahm sie sich als Souvenir mit. *„Ob es die wohl überall am See gibt?"*

Sie begab sich zur Anlegestelle, wobei sie wieder die Büste des Catull passierte. *„Lubuit hic, Catullus. Valete.“* (Es war angenehm hier, Catull. Auf Wiedersehen.)

Mit dem vorletzten Schiff des Tages kehrte sie nach Garda zurück. In den Siedlungen am Ufer gingen die Lichter an, der Mond kam hervor, eine silberne Bahn übers blauschwarze Wasser ziehend.

„Was für ein Auftakt! So kann der Urlaub gern weitergehen“, jubelte sie, sich zum Betreten der Gangway bereitmachend.

Am Ufer stehend schaute sie schließlich zu, wie das Schiff ablegte und nach Norden aufbrach. Plötzlich war da wieder das Gefühl, nicht allein hier zu stehen. Keinesfalls unangenehm. Es hüllte sie beinahe wie ein Schutzmantel ein, als sie durch die Dunkelheit einem der kleinen Restaurants zustrebte, um zu Abend zu essen. Wobei auch ein Glas Wein nicht fehlen durfte. Die edlen Trauben stammten aus Bardolino, das Gianna am folgenden Tag aufsuchen wollte. Die sie neugierig musternden Augen der jungen Männer vom Nebentisch, ignorierte sie. Erst recht den geflüsterten Satz des einen zum anderen: „Frag sie doch einfach.“

„Nein. Nein. Nein. Sehe ich so bedürftig aus?", amüsierte sie sich.

Der leichte Lufthauch, der sie in diesem Augenblick streifte, ließ sich nicht ignorieren. Gianna wertete ihn als Zeichen, wie die vielen winzigen Merkwürdigkeiten des ganzen Tages. Dieses Gefühl, begleitet zu werden, verlor sich in dem Moment, als sie ins Treppenhaus des Uhren-Turms eintrat. Rechtschaffen müde erreichte sie ihr Zimmer, duschte und fiel wie ein Stein ins Bett. Wieder träumte sie vom Tiber mit seinen unzähligen Brücken.

Beim Frühstück rätselte sie, was ihr das Unterbewusstsein mittels der Tiber-Träume mitteilen wolle. *„Irgendwann wird es sich schon klären. Bis dahin lieber Tiber-Träume als Fieber-Träume."*

Die rund viereinhalb Kilometer nach Bardolino wollte sie auf der Passegiata lungolago Europa, der hübschen Strandpromenade zurücklegen. Petrus lieferte das richtige Wanderwetter mit Sonnenschein und angenehmen Temperaturen. Beim Gedanken an Petrus, der ursprünglich ein Fischer aus Galiläa gewesen war, stutzte Gianna. *„Fischer, Netz, Wasser, Brücken, Rom und das, wo es keine Zufälle gibt. Langsam werde ich neugierig."* Zumal ihr unsichtbarer Geleitschutz, wie sie das Phänomen inzwischen nannte, mit Verlassen des Turmes wieder aktiv geworden war.

Mit einem vergnügten Lächeln erspähte sie die Pizzeria Catullo neben einem der alten Türme direkt am Seeufer. *„Ja, die Zufälle ...* " Hier werde sie sich etwas später das Mittagessen schmecken lassen.

In unmittelbarer Nähe lag eine Station der Hummelbahnen, jener hübschen kleinen Züge auf Rädern, die man allerorten für Stadtrundfahrten einsetzte. Das Schild auf dem Dach trug die bezeichnende Aufschrift: Explosion of joy. (Explosion der Freude.) Sie wertete es als Versprechen. Kurzentschlossen löste sie ein Ticket, um sich jene Dinge anzuschauen, die sie sicher heute nicht mehr erwandert hätte. Außerdem musste man im Urlaub nicht den ganzen Tag auf den Beinen sein. Wozu gab es den Hintern? Zum gemütlich Hinsetzen! Ihr persönlicher Lufthauch schien sich auch über diesen Gedanken zu amüsieren, denn er streifte sie gerade wieder für einen Wimpernschlag.

Nach der Tour wollte sie noch die uralte Kirche San Severo am Rand der Altstadt aufsuchen, die auch nur einen Katzensprung von hier entfernt war. Zufällig – na klar, wie sonst – erwischte sie einen Moment, in dem sich keine anderen Touristen hier aufhielten. Das Geheimnis der Jahrhunderte konnte ungehindert wirken. 893 das erste Mal erwähnt, nach einem Erdbeben 1170 umgebaut, war diese Kirche bis ins 15. Jahrhundert das geistliche Zentrum Bardolinos gewesen. Oft hatte man Kirchen auf älteren heidnischen heiligen Plätzen errichtet, die als Energieknotenpunkte galten. Genau das spürte sie hier.

Ihr ‚Schatten‘ heftete sich wieder an ihre Fersen, als sie aus dem Portal auf die Straße trat, um zielstrebig die Pizzeria aufzusuchen. Andere hatten den gleichen Gedanken gehabt, denn die meisten Tische waren schon besetzt. Gianna wählte einen Platz im Innenbereich. Sie hatte keine Lust, sich von den auf die Stadtrundfahrt Wartenden ständig auf den Teller schauen zu lassen.

Noch weniger Lust hatte sie darauf, gleich zurück nach Garda zu laufen. Also schloss sich dem Mittagessen ein Eis mit Cappuccino an. Dann erst machte sie sich ganz gemächlich auf die Socken. Der Trubel der vielen Tagestouristen konzentrierte sich offenbar auf den Bereich, den sie soeben verlassen hatte. Auch schien die Mittagsträgheit viele davon abzuhalten, herumzuwandern. Die gaben sich in den heimeligen kleinen Cafés am Rand der Promenade dem dolce far niente, dem süßen Nichtstun, hin. So hatte sie recht schnell den Weg fast für sich allein. Äußerst ungewöhnlich. Eigentlich. Purer Zufall eben. Giannas inneres Grinsen drang langsam nach außen durch. Kurz vor Garda füllte sich die Promenade wieder mit Erholungsuchenden.

Weil Wandern in frischer Luft Appetit macht, zog Gianna bis zu dem kleinen Restaurant durch, in dem sie am Vorabend gegessen hatte. Kaum saß sie am Tisch, traten die vier Männer ein, die am Tag vorher ebenfalls hier gewesen waren.

„Na, wenn das kein Zeichen ist", grinste einer, einem anderen mit dem Finger in die Rippen piksend.

„Na, wenn du meinst", lachte Giannas innere Stimme. *„Fragt sich nur, wofür. "* Sie widmete sich ausschließlich den Köstlichkeiten auf ihrem Teller. Nebenbei, weil außergewöhnlich laut, erfuhr sie, dass die vier ihren Caravan auf dem

Zeltplatz in Bardolino stehen hatten. *„Zu plump. Schon verspielt, Jungs. "*

Ihr persönlicher Lufthauch schien das genau so zu sehen, denn er streifte sacht ihren linken Handrücken. Er blieb erst zurück, als sie ihren Wohnturm betrat. Und wieder träumte sie vom Tiber.

Diesmal fokussierte sich das Geschehen auf den Ponte Palatino. Das leitete sich vom Berg Palatin her, an dessen Flanke sich die Brücke befindet.

Teilweise durch Naturkatastrophen zerstört, später partiell abgerissen, um Platz für einen architektonisch anderen Wiederaufbau zu schaffen, hatte dieses Bauwerk für Gianna etwas Tragisches, das sie nicht nur durch die Optik zum Widerspruch reizte. Weil hier der Verkehr in völlig verrückter Weise links fließt, nennt man sie auch manchmal Englische Brücke. Direkt daneben befinden sich die Reste der 2200 Jahre alten Pons Aemilius, oft Ponte Rotto, zerstörte Brücke, genannt, von der nur noch ein einsamer Bogen im Fluss steht, ohne Verbindung irgendwohin.

Gianna schreckte aus dem Schlaf. Brücken verbanden etwas: Zwei Ufer, verschiedene Epochen ... Die Liste ließ sich unendlich fortsetzen. Brücken wurden von Baumeistern geschaffen. Der Gedanken an Mario Ponti drängte sich mit aller Macht auf, zumal der ja auch noch den auffälligen Familiennamen ‚Brücken' trug.

Je mehr Gianna über die Palatino-Brücke und ihn nachdachte, umso mehr festigte sich die Überzeugung, er sei der falsche Kandidat für ein gemeinsames Leben. Die alte Brücke hatte durch Zerstörung stets auch Verbundenes getrennt, um am Ende eine völlig neue Verbindung zu lange Vorhandenem zu schaffen.

Gianna schwang die Beine aus dem Bett. In einer halben Stunde begann die Frühstückszeit. Das wollte sie nutzen, wenn sie schon mal hellwach war, um ihre Wanderung zur Eremo di San Giorgio zeitiger zu beginnen.

Da ausnahmslos alle Einsiedeleien der Kamaldulenser an sehr steilen und oft unbefestigten Straßen lagen, zog sie feste Wanderschuhe an, um den Berg des Heiligen Georg zu erklimmen. Ein Teil der weitläufigen Klause inmitten jahrhundertealter Zypressen bot sogar vom See aus einen unvergleichlichen Anblick. Gegen 11:30 Uhr werde der kleine Klosterladen öffnen, und pünktlich 12 Uhr wieder schließen. Um am

Nachmittag noch einmal für ganze zwei Stunden auf Besucher zu warten. September war fast überall am See der letzte Monat des Jahres, den Urlaub wirklich genießen zu können. Ab Oktober waren viele Sehenswürdigkeiten geschlossen und auch verkehrstechnisch nur eingeschränkt zu erreichen.

„Es ist praktisch 5 vor 12", huschte es durch Giannas Gedanken. *„Sicher auch das kein Zufall."*

Da war er wieder, der kleine Hauch, der ihre Wange streichelte.

„Wirst mir fehlen, wenn ich zu Hause bin", schmunzelte Gianna, emsig bergauf stapfend. Rund siebeneinhalb Kilometer Strecke insgesamt, vom Hotel aus gerechnet.

Ein grandioser Blick über den See tat sich zwischen den uralten Bäumen auf. Wasser und Himmel prangten in sattem Blau. Man hätte glatt glauben mögen, an der costa azzurra zu sein.

Ihr erster Weg führte direkt in den Klosterladen, um danach die Ruhe hier oben zu genießen. Ihr kleiner Rucksack füllte sich mit Olivenseife, Schokolade und ätherischen Ölen. Bloß gut, dass es dann bergab ging! Sie besichtigte, was frei zugänglich war, fotografierte und freute sich über den jetzt schon gelungenen zweiten Urlaubstag.

Auf halber Strecke den Sentiero della Rocca, den Weg des Felsens, hinunter, bemerkte sie, dass ihr vier Männer folgten. „Oh Gott! Das Kleeblatt aus der Kneipe!", murmelte sie. *„Hoffentlich erkennen die mich nicht. Ich bin nicht an Konversationen interessiert!"* Sie zog sich an den Rand des Weges zurück, damit die anderen schnell vorbei gehen konnten.

Zwei fromme Wünsche, die sich weder einzeln noch in Kombination erfüllten, denn ein paar Wimpernschläge später hörte sie direkt hinter sich: „Guten Tag, schöne Frau. Heute ganz allein im Wald? Keine Angst vorm bösen Wolf?"

„Ich bin nicht Rotkäppchen. Wo liegt das Problem?"

„Darin, dass die manchmal im Rudel auftreten", grinste einer.

Gianna taxierte ihn von Kopf bis Fuß. „Klar, weil einer allein zu feige ist." Sie drehte sich um und wanderte weiter, während die drei anderen Männer in schallendes Lachen ausbrachen.

„Punkt für die Süße! Halten wir lieber Abstand, sonst kratzt sie dir die Augen aus." Sie überholten Gianna mit breitem Grinsen.

„Ich werde mir wegen dieser Knallfrösche kein anderes Restaurant zum Abendbrot suchen. Schon aus Prinzip nicht."

Den kühlen Hauch auf der Nasenspitze quittierte sie mit einem breiten Grinsen. Nur werde ihr das möglicherweise bald vergehen. Nämlich dann, wenn sie am La Rocca Camp vorbei musste, wo die vier Urlaub machten. Es gab keinen anderen Weg. Aufatmend stellte sie fest, dass freie Bahn herrschte. Der Rucksack wurde immer schwerer, die Beine auch und so ließ sie sich mit einem Stöhnen auf der nächstbesten Bank nieder. Ihr Bedarf an langen Wandertouren war gedeckt. Morgen werde sie mit dem Schiff nach Malcesine aufbrechen, das im Kern recht überschaubar war.

Die vier fahrenden Ritter, wie sie Gianna belustigt bezeichnete, saßen schon beim Abendbrot, als sie das Restaurant betrat. Amüsiertes Grinsen auf beiden Seiten, aber keine weiteren Versuche, ihr ein Gespräch aufzwingen zu wollen. Sie war als schnelle Beute für eine Kurzromanze abgehakt worden.

So ließ sie den Abend ganz gemütlich mit einem zweiten Glas Wein ausklingen.

In der kommenden Nacht träumte sie erneut vom Tiber und seiner auffälligen Palatino-Brücke.

Equinox

Die nächsten drei Tage verbrachte sie in Malcesine, Limone und mit einer Schiffsrundfahrt über den gesamten See. Abends flanierte sie in Garda herum und wartete auf den Sonnenuntergang zum Äquinoktium, lateinisch Equinox. Der abendliche Farbenreichtum hatte sich intensiviert. *„Natürlich alles kompletter Zufall"*, witzelte sie.

Heute war der große Tag, den andere nicht einmal bemerkten. Sie hatte den idealen Platz zum Fotografieren gefunden, als der Himmel über dem See in einem Farbenrausch aus Rot- und Goldtönen explodierte, welcher geradezu phänomenal anmutete. Sie stellte an ihrer Pocketkamera Folgeaufnahme ein, um das Schauspiel in bester Qualität aufzunehmen und nicht die kleinste Änderung jeglichen Farbwechsels zu verpassen.

Genau auf dem Höhepunkt des Naturspektakels lief ihr ein junger Mann vor die Linse. Nicht nur das. Er blieb auch noch stehen und schaute sie an. Gianna tat ihren Unmut kund, indem sie fordernd mit der Hand die Bewegung für Umdrehen und Verschwinden, aber rapido, machte.

Sein abgrundtiefes Erschrecken darüber quittierte sie mit einem verzeihenden Lächeln. Sie schüttelte amüsiert den Kopf, als er mit einem wahren Panthersatz aus der Schusslinie verschwand.

Als samtiges Schwarz und Millionen von Sternen den Farbenzauber ablösten, steckte Gianna überaus zufrieden ihre kleine Kamera ein. Noch ein Blick übers fast stille Wasser des Sees, dann schlenderte sie zum Hotel zurück. Sie freute sich darauf, sofort die Bilder ganz groß am Laptop anzuschauen, und schmunzelte, als sie an den Fremden dachte. Gut hatte er ja ausgesehen. *„Vielleicht sollte ich sein Konterfei ganz einfach als Aufwertung einiger Fotos betrachten."*

Sie schloss hinter sich die Zimmertür, duschte, zog ein langes Shirt als Nachthemdersatz an, goss sich ein Glas Wein ein, ehe sie schließlich die Speicherkarte in den Slot des Laptops schob. Sie kopierte die gesamten Bilder herunter, um sie auf dem Computer zu sichern. In die Bettdecke gekuschelt, ließ sie danach die Aufnahmen des Abends als Diashow laufen. Und gleich noch einmal mit vierfacher Geschwindigkeit, um den Sonnenuntergang gebührend zu zelebrieren.

Plötzlich setzte sie mit einem Ruck das Weinglas auf das Nachtschränkchen. Es hatte lange gedauert, bis sie bemerkte, dass der Fotobomber auf keiner der Aufnahmen zu finden war, obwohl er auf zwei ganzen Folgen von Bildern hätte zu sehen sein müssen. Der Schwan, welcher zur gleichen Zeit Richtung Ufer geflogen war, und den der Fremde zeitweise verdeckt hatte, war in voller Schönheit zu erblicken.

„Ich bin doch nicht verrückt! Da war eindeutig ein Mann gewesen!", stöhnte Gianna, sich über die Stirn wischend.

Sie zoomte jedes der betreffenden Fotos auf, bis fast die einzelnen Pixel zu sehen waren – nichts. Nicht die Spur irgendeines Typen, der vor der Linse gestanden hätte. Statt sich über makellose Aufnahmen zu freuen, befiel Gianna eine merkwürdige Beklemmung. Es ließ sich nicht schönreden. Sie hatte den Unbekannten deutlich gesehen. Sie genehmigte sich noch ein zweites Glas Wein, um überhaupt schlafen zu können, nachdem sie sich fast eine Stunde lang von einer Seite auf die andere gewälzt hatte. Nur quälte sie dann die ganze Nacht die immer gleiche Traumsequenz – der gutaussehende Fremde drehte sich um, und starrte sie aus blutroten Augen an. Wobei der Traum das Gesicht des Mannes so weit aufzoomte, dass die Augen ihr komplettes Sichtfeld einnahmen.

Beim ersten Mal schaltete Gianna in Panik das Licht an, schaute sich gehetzt um, beruhigte sich aber rasch und schlief weiter. Das zweite Erschrecken war kurz. Sie riss in der Finsternis die Augen auf, wickelte sich unwillig schnaufend fester in ihre Decke und schlummerte sofort wieder ein. Beim dritten Mal drehte sie sich einfach um, ohne wirklich wach zu werden, wobei ihr Unterbewusstsein begann, das Gesehene zu analysieren.

Es war nur das Rot, das sie beunruhigte, denn der Blick des Mannes war weder böse noch hämisch, aber auch nicht bedrohlich. Flehend. Das traf den Nagel mitten auf den Kopf.

„Wer oder was bist du?", flüsterte Gianna, noch vor dem Morgengrauen aufgebend, erquickenden Schlaf zu finden.

„Du hast ausgesehen, als könntest du Hilfe gebrauchen", überlegte sie beim Frühstück. Sie hatte sich, wie immer, in eine Ecke des Speisesaales zurückgezogen, um in absoluter Ruhe zu essen,

ihren Espresso zu genießen und sich auf den neuen Tag einzustimmen. *„Ich werde heute Abend an der gleichen Stelle stehen und nicht in Ohnmacht fallen, wenn du erscheinst und deine Augen wirklich blutig rot sind."*

Auf einen Zufall, als sie in diesem Moment ein kühler Luftzug traf, hätte Gianna auch diesmal nicht schwören wollen. Sie wertete ihn eher als Zeichen, dass der geheimnisvolle Fremde mit Einbruch der Dunkelheit auftauchen werde. Diese Überzeugung festigte sich, als sie sich ab sofort noch intensiver beobachtet fühlte, nicht aber dadurch belästigt oder eingeengt. Gerade so, als wolle der Fremde um nichts in der Welt die Gelegenheit verpassen, mit ihr Kontakt aufzunehmen, warum auch immer.

„Du weißt ja, dass gestern Tag-und-Nacht-Gleiche war", meldete sich ihre innere Stimme plötzlich. Gianna hob die Schultern. *„Da es keine Zufälle gibt, musste ich ihm gerade da begegnen. Möglich, dass mich das Schicksal ausersehen hat, seins günstig zu beeinflussen."*

Der winzige kühle Hauch, der sie am Arm streifte, ließ sie fröhlich lächeln. Sie befasste sich von klein auf mit Sagen und Legenden und war weit davon entfernt, diese als Spinnerei abzutun.

Oft hatte es Zeugen für wundersame Geschehnisse gegeben, denen man nicht wirklich unterstellen konnte, einer Massenhypnose erlegen zu sein. Vor allem von den Märtyrern der Römer gab es detaillierte schriftliche Berichte, die man in den Archiven studieren konnte.

„Und nicht nur von denen", meldete sich die innere Stimme.

Pünktlich zum Sonnenuntergang stand Gianna zwischen den beiden Bäumen vom Vortag, freute sich, dass der Himmel wieder in den wundervollsten Farben prangte, und wartete auf den mystischen Fremden.

„Ich habe inständig gehofft, dass du kommen würdest", flüsterte es kaum hörbar hinter ihr auf Lateinisch.

„Das beruht auf Gegenseitigkeit", gab Gianna im Umdrehen bekannt. „Wo bist du?"

„Oh. Ich wusste nicht, dass du mich nicht mehr sehen kannst. Ich werde den Platz einnehmen, wo ich dir gestern erschienen bin." Einige Sekunden später: „Und jetzt?"

„Keine Spur", murmelte Gianna.

„Ich stehe genau vor dir. Erschrick nicht, wenn ich jetzt deine linke Hand berühre."

„Leichter gesagt, als getan", schmunzelte Gianna, weil sie doch, wenn auch kaum merklich, zusammengezuckt war.

Das Geistwesen seufzte schwer. „Vielleicht war es ja die Farbe deiner gestrigen Kleidung, dass du mich sehen konntest. Dieses Blutrot hat mich sowohl angezogen als auch regelrecht entsetzt."

„Wirklich?! Es könnte aber ebenso das Equinox gewesen sein!", rief Gianna.

Der Fremde nahm ihre Hand, um sie ganz fest zu drücken. „Egal, was es war, ich glaube, du könntest den Bann lösen, der über mir liegt, damit ich endlich Ruhe finde."

Gianna lachte auf. „Verrückt, dass mir ein ähnlicher Gedanke schon heute Morgen gekommen ist. Wobei ich auch noch das Gefühl habe, du seist seit Tagen in meiner Nähe gewesen."

„Äh ...“

„Erwischt?"

„Ich gebe es zu", sagte der Fremde nach kurzem Zögern.

Gianna atmete durch, dann schlug sie vor: „Da dich eh keiner sehen kann, gehen wir jetzt in mein Hotel, wo du mir in Ruhe erzählen wirst, was mit dir geschehen ist. Dann überlegen wir beide, wie wir das Problem lösen können. Komm, gib mir deine Hand, damit du mir auf dem Weg dahin nicht verloren gehst!"

Diesmal lachte das Geistwesen. „Unglaublich! Mir ist schon ziemlich viel unterstellt worden, aber sowas noch nicht. Bisher sind alle schreiend davon gerannt, die mich zufällig erblickten, oder die ich, Hilfe suchend, angesprochen habe."

„Waren wohl alle nicht neugierig genug", schmunzelte Gianna.

Sie führte ihn auf schnellstem Weg zum Hotel, wobei sie eine beleuchtete Werbetafel passierten, deren Hintergrund blutrot erstrahlte.

„Na das ist ja interessant!", staunte Gianna. „In Anwesenheit der besonderen Farbe kann ich dich als eine Art Nebelhauch erkennen. Dann wird es wohl gestern doch die Kombination aus Farbe und Datum gewesen sein."

Der Fremde drückte nur zustimmend ihre Hand, weil ihnen andere Spaziergänger entgegenkamen, die sich doch sehr über eine männliche Stimme gewundert hätten.

„Rasch die Treppe hinauf!", flüsterte Gianna. Auch der Korridor vor ihrem Zimmer war leer.

Sie schloss sofort die Tür ab und zog die Vorhänge zu, als sie es betreten hatten. „Ich werde das Shirt von gestern über die Lehne deines Stuhles ziehen, damit ich dich sehen kann", erklärte Gianna, den Worten die Tat folgen lassen. Sie nickte, als sich der Unbekannte setzte. „Ich schiebe die kleine Lampe direkt neben dich. Perfekt!"

Dass ihr Plan funktionierte, merkte der Fremde, weil sie ihn interessiert von Kopf bis Fuß musterte. Ehe er etwas sagen konnte, stellte sie fest: „Tatsächlich rote Augen. Ich schätze, dem Gewand nach Römisches Cäsaren Reich, nicht unbedeutend, vom gesellschaftlichen Stand her, wenn auch nur halbfrei."

„Ach, du großer Jupiter! Du erschreckst mich!", rief der junge Mann, den zudem ausgeprägte Muskelpakete zierten. „Das ist alles richtig. Ich habe unter Gaius Caesar Augustus Germanicus als Gladiator gekämpft."

„Oha! Caligula. Erstes Jahrhundert." Gianna fasste sich mit beiden Händen an die Wangen.

Der Mann sprang auf, sie derart verblüfft musternd, dass Gianna amüsiert zu lachen anfing. Als er sich wie in Zeitlupe wieder setzte, flüsterte er: „Dann weißt du sicher auch mehr über ihn."

Gianna nickte und der Fremde begann zu erzählen: „Mein Name ist Marcus Antonius. Ich bin in Mauretania geboren und wurde in Rom gefangen genommen, als der Kaiser unseren König Ptolemaios einlud, ermorden ließ und sich so unser Land einverleibte. Ich gehörte zur königlichen Eskorte und wurde auf Grund meiner Kampferfahrungen und Kraft sofort in einer Gladiatorenschule untergebracht. Ich war nicht unzufrieden mit dieser Wendung, denn die anderen waren alle niedergemetzelt worden. Man behandelte mich gut, obwohl ich Dutzende Römer getötet hatte, als ich mich beim Überfall wehrte.

Augustus Germanicus war ein grausamer Herrscher, der auch an besonders blutigen Gladiatorenspielen großen Gefallen fand. Ich, als Retiarius, avancierte schnell zu einem seiner Lieblinge, was mir nicht nur Ruhm und Ehre, sondern auch einen gewissen Luxus garantierte."

„Eine Gladiatorenform, die zu Caligulas Zeiten erst in die Arena eingeführt worden war, und der ich den größten Respekt zolle", merkte Gianna an, ihn wohlwollend betrachtend.

Marcus Antonius schaute sie neugierig an. „Du bist unglaublich gut informiert. Ich überlege gerade, ob du die Begebenheit mit seinem Pferd kennst, wo er die Senatoren endgültig gegen sich aufbrachte", murmelte er. „Die läutete nämlich auch mein Ende ein."

„Du meinst, als er das Ross zum Konsul ernannte?", fragte Gianna.

Marcus Antonius nickte hoch erfreut. „Andere würden mich glatt für verrückt erklären, wenn ich das jetzt erzählte. Caligula wurde durch seine eigene Prätorianergarde umgebracht, wie dir sicher auch bekannt ist, wobei deren Offizier Cassius Chaerea das Sagen hatte. Ich überlebte den Kaiser um nur einen Tag. Man ließ mich im Schlaf erdolchen, wie viele seiner Günstlinge. Dieser unehrenhafte Tod lässt mich, den Sieggewohnten, seitdem rastlos umherziehen ..."

Gianna schluckte. „Ach, von daher die blutunterlaufenen Augen. Was kann getan werden?"

„Du musst den Dolch ausgraben, der mir ins Herz gestoßen wurde, und mitten in den Mincio werfen. Nur so werde endlich ins Land der Toten eingehen und Ruhe finden."

„Na, ganz prima! Und wo suche ich den Dolch?"

„Nicht weit von hier", erwiderte Marcus Antonius beschwichtigend. „Er ist der Grund, weshalb ich hier und nicht in Rom herumspuke, wie es die Lebenden nennen. Mein Mörder hat ihn auf einem Feldzug direkt am Ufer des Mincio verloren, in unmittelbarer Nähe zur Visconti-Brücke, wie man den Ort heute nennt. Der Schlamm eines Hochwassers hält ihn verborgen."

Gianna kniff die Augen zusammen. „Wie kommt es, dass ich dich fühlen kann, du aber den Dolch nicht allein ausgraben kannst?"

„Ich kann es dir nicht sagen, warum das so ist. Ich weiß, dass du denkst, ich würde dich in eine Falle locken", flüsterte Marcus Antonius unendlich traurig. „Du warst meine letzte Hoffnung, weshalb ich dir seit Sirmione überallhin gefolgt bin."

Gianna nahm eine schwarze Hose und einen dunklen Hoody aus dem Schrank. „Morgen ziehen wir los! Ich hatte die Brücke eh auf dem festen Plan. Es würde auffallen, ließe ich mich heute noch zum Mincio bringen."

Die roten Augen des unglücklichen Gladiators strahlten vor Dankbarkeit wie Rubine. Gianna konnte das Gähnen nicht mehr unterdrücken. Sie erklärte, sofort schlafen zu wollen.

„Du hast noch nicht mal zu Abend gegessen", stellte Marcus Antonius kleinlaut fest.

Gianna zuckte mit den Schultern. „Ich werde beim Frühstück ordentlich zuschlagen. Wenn du möchtest, bleib heute Nacht hier."

Marcus Antonius nickte erfreut. Er saß die ganze Nacht am Fenster, hin und wieder liebevoll die schlummernde Gianna betrachtend. Wenn er je eine geheiratet hätte, dann eine wie sie. Gianna würde er vom Fleck wegheiraten, wenn er könnte. Da müsste er nicht zwei Mal überlegen.

Sie wünschte ihm Stunden später einen guten Morgen. „Alles in Ordnung?"

„Ich glaube ja", sagte Marcus Antonius deutlich aufgeregt.

Als Gianna vom Frühstück kam, zog sie den Hoody über, um den Dolch verbergen zu können, sollten sie ihn wirklich finden. „Wir fahren mit einem Taxi zum Fluss", legte sie fest. „Mit dem Bus ist es mir zu stressig und ich hätte ständig Sorge, dass wir durch irgendwelche Widrigkeiten getrennt werden."

Das Taxi kam schon nach 15 Minuten und sie nannte dem Fahrer als Ziel direkt die Visconti-brücke in Valeggio sul Mincio. *„Wo in jedem Jahr das Festa del Nodo d'Amore, das Fest der Liebes-knoten, stattfindet"*, dachte Gianna. *„Nicht mal das kann ein Zufall sein."*

Der unsichtbare Marcus Antonius quittierte das mit einem freudigen Lächeln. Sein Schicksal schien Gianna sogar näher zu gehen, als sie zu-gab. Sie stellte es beim Ein- und Aussteigen auch äußerst geschickt an, dass der Gladiator nicht versehentlich zurückblieb.

Zwar konnte ihr Marcus Antonius vor Ort ganz genau die Stelle benennen, wo sie graben müsse, nur kam sie nicht dazu. Es herrschte Trubel wie auf einem Volksfest. Nach einer halben Stunde beschloss Gianna, den Ort kurz-zeitig zu verlassen, um nicht unliebsame Auf-merksamkeit zu wecken. Sie reihte sich in den Pulk der Tagesgäste ein, fotografierte, staunte und schlenderte am Fluss entlang.

Im Gran Café San Marcus, in direkter Nähe zur Brücke, nahm sie ihr Mittagessen ein. Zu-sammen mit den Taxifahrten nach und von Va-leggio werde das zwar eine heftige Ebbe im Geldbeutel verursachen, aber das musste die Urlaubskasse aushalten. Schließlich war die extra angelegt worden, um Sonderwünsche zu erfüllen.

„*Oh weh!*", hörte sie Marcus Antonius in ihrem Kopf wispern, dem der Betrag auf dem Kassenbon nicht entgangen war.

„*Hier bezahlt man die luxuriöse Aussicht mit*", kicherte Gianna.

Auch jetzt ging sie immer neue Runden, um bei jeder Rückkehr festzustellen, dass der Touristenansturm bis zum Abend nicht abebben werde. Marcus Antonius wurde immer trauriger. In wenigen Tagen war ihr Urlaub zu Ende, und dann konnte ihm wohl niemand mehr helfen.

„Erstens gibt es keine Zufälle. Zweitens: Was lange währt, wird gut. Drittens: Ein Römer macht nicht kehrt, heißt es weltweit. Eine Römerin erst recht nicht", raunte ihm Gianna zu. „Und wenn ich mitten in der Nacht graben muss. Du wirst mir schon sagen, wohin ich meine Füße setzen soll, um nicht zu ertrinken."

Genau so kam es. Die schmale Mondsichel stand schon hoch am Himmel, als endlich die nötige Ruhe einzog. Gianna streifte die Kapuze übers Haar, zog eine Nagelfeile aus der Hosentasche. „Kann losgehen."

Marcus Antonius lotste sie zuverlässig hinunter an den Fluss und führte ihre Hand im Gewirr des dichten Uferbewuchses zu jener Stelle, wo sie graben musste. Nachdem Gianna ein paar Minuten mit der Nagelfeile die matschige Erde weggekratzt hatte, stieß sie zwischen Wurzeln auf einen sehr festen Widerstand und kurz darauf ließ sie den rostigen Dolch in der Bauchtasche ihres Hoodys verschwinden. Akribisch reinigte sie Hände und Fingernägel im Wasser. „Wir gehen hoch zur Brücke, damit der Dolch wirklich mitten im Fluss landet!", legte sie fest.

„Verstanden", raunte Marcus Antonius, ihre Hand nehmend und zärtlich drückend.

Schließlich standen sie allein an der Brüstung, Gianna tastete nach dem Dolch. „Nun heißt es Abschied nehmen, auch wenn es mir unglaublich schwerfällt", sagte sie mit belegter Stimme.

Marcus Antonius nahm sie sanft in die Arme, küsste sie auf die Stirn. „Danke für alles, was du für mich getan hast. Wenn uns Fortuna gnädig ist, und du es wirklich willst, werden wir uns vielleicht eines Tages wiedersehen. Bis dahin Lebewohl, meine wundervolle Retterin."

Gianna schmiegte sich für einen Moment sehr fest an ihn, dann holte sie weit aus und warf den

Dolch stromaufwärts in eine Stromschnelle. Sie konnte im Mondlicht deutlich sehen, wie dieser eine blutige Bahn ins Wasser zeichnete, dass er sich zwischen zwei großen Steinen verkantete, statt mitgerissen zu werden, und wie Marcus Antonius zum Abschied die Hand hob, ehe er sich endgültig auflöste.

Gianna zog immer wieder die Nase hoch, um Tränen zu unterdrücken, was allerdings nicht gelang. So glaubte der Fahrer des herbeigerufenen Taxis schließlich, sie habe gerade ihren Liebsten in flagranti erwischt, weil die Tränen gar so sprudelten.

Diesmal weinte sich Gianna in den Schlaf. Sie hatte genau den Mann getroffen, den sie sich erträumt hatte. Sogar einen echten Retiarius – groß, athletisch, gutaussehend, sie beschützend, was immer sie tat. Und sie hatte alles in ihren Kräften Stehende für ihn getan, obwohl sie wusste, ihn dadurch gleichsam zu verlieren. Ob sie ihn wirklich jemals wiedersehen werde, stand in den Sternen. Auf jeden Fall werde sie zur nächsten Tag-und-Nacht-Gleiche wieder hier sein, in der Hoffnung, es möge geschehen. Und noch einmal erschien ihr die Palatino-Brücke im Traum.

Im Aufwachen stellte Gianna fest: Die konnte nur eine Schlüsselfunktion haben. Zumal sie diejenige Brücke war, welche dem Kolosseum am nächsten stand, auch wenn das vielleicht nur Katalysator für Energien sei. Es war unbestritten das bekannteste Bauwerk schlechthin, das heute noch vom grausamen Schicksal der römischen Gladiatoren zeugte.

Vieler Rätsel Lösung

Seit gestern wusste sie ganz genau, dass nichts in den letzten Tagen irgendein Zufall gewesen war. Das Schicksal hatte sie zielgenau hierher geführt, den unglücklichen Gladiator zu erlösen.

„Eigentlich müsste ich das in einem Freudenfest feiern", überlegte Gianna. *„Uneigentlich ist mir nach Trauerfeier zumute."*

Der Blick in den Spiegel bestätigte es: tiefe schwarze Schatten unter den Augen. Dieser Zustand verstärkte sich, weil sie schon beim Verlassen des Turms ihren unsichtbaren Begleiter schmerzlich vermisste.

„Oh, mein Gott! Was ist geschehen?", fragte die Dame am Empfangstresen beunruhigt. „Brauchen Sie Hilfe?"

Giannas antwortete mit einer Mischung aus Nicken und Kopfschütteln. Sie wusste nicht einmal, wie sie hierher, statt in den Frühstücksraum gelangt war. „Ich werde heute schon abreisen müssen", hörte sie sich wie eine Fremde sagen.

Wie durch ein Wunder erließ man ihr den Ausfall der fünf offenen Übernachtungen.

„Essen Sie wenigstens noch ganz in Ruhe!", bat die Empfangsdame. „Das Schiff nach Peschiera fährt erst in zwei Stunden." Und fügte hinzu: „Sind Sie sicher, dass es Ihnen soweit gut geht?"

Diesmal nickte Gianna. Dann suchte sie wie ferngesteuert den Frühstücksraum auf, um sich für die Reise zu stärken. Zurück im Turm setzte das Denken endlich wieder ein. Es gab keine Zufälle. So orderte sie ein Taxi zum Hotel, packte ihren Koffer, buchte den Transfer nach Peschiera del Garda, sowie das Zugticket, um von da nach Hause zu kommen. Überall blieb reichlich Zeit zum Umsteigen, was sie mit Zuversicht erfüllte. In Anbetracht der Augenringe setzte sie eine verspiegelte Sonnenbrille auf. Sie gab den Schlüssel ab, bedankte sich für das Entgegenkommen, da nahte auch schon das Taxi. Die 40 Minuten bis zur Ankunft des Schiffes fühlten sich wie Stunden an, die übrigen rund acht Stunden bis Rom wollten gar kein Ende nehmen. Gianna konnte sich keinen Reim darauf machen, warum sie derart hibbelig war. *„Schlimmer als ein kleines Mädchen vor dem ersten Date"*, lästerte ihr Unterbewusstsein.

Gianna versuchte, alles auszublenden, und begann, sich im Internet mit dem Ponte Palatino zu beschäftigen. Was mochte so besonders an dieser Brücke sein? Das Alter? Nun ja, über 2000 Jahre der ältesten erhaltenen Teile waren in der Tat eine stolze Zeit. Wobei das ja wohl mehr den Rotto betraf. Dass sie vor einer Tiber-Insel lag? Eher unwahrscheinlich. Plötzlich dämmerte ihr: Das Besondere war, dass sie den Blick auf den letzten verbliebenen Bogen des Ponte Rotto gestattete. *„Auf eine uralte zerstörte Brücke ... die Visconti-Brücke ist auch nur teilweise erhalten ... von dieser aus habe ich den Dolch in den Mincio geworfen ... schließt sich am Tiber der Kreis? Meine Güte, wie lange braucht denn der Zug bis nach Rom?!"*

Gianna musste grinsen. Ungeduld war neu.

Eine halbe Stunde vor Ankunft des Zuges orderte sie ein Taxi. Sie wollte die letzten Meter nach Hause nicht dem Zufall überlassen. Sie leerte den Briefkasten, streifte, endlich in ihrer Wohnung angekommen, die Schuhe ab, nahm den Laptop aus dem Rucksack, steckte ihn ans Ladekabel und schob eine mittelgroße Tiefkühlpizza in die Backröhre. Sie hatte keinen Bock auf große Aktionen. Bis der Timer piepte, blieb sie unter der Dusche. Dann zog sie Unterwäsche, einen kuscheligen Hausanzug und Mikrofasersocken über. Die in Dreiecke geschnittene Pizza füllte einen riesigen Teller, mit dem sie sich in die Sofaecke verzog, um halb begeistert, halb wehmütig ihre vielen Urlaubsbilder anzuschauen.

Am Ende sprudelten wieder Tränen. *„Hals über Kopf verliebt."* Gianna riss ein zweites Päckchen Taschentücher auf. Sie sehnte sich nach den winzigen Berührungen, die wie ein Lufthauch gewesen waren, nach dem Gefühl, wie in einen Schutzmantel gehüllt zu sein und nach Marcus Antonius' flüsternder Stimme. Die in normaler Lautstärke sonorer Bass gewesen war.

Im Morgengrauen schreckte sie hoch. Sie hatte wieder von der Palatino-Brücke geträumt. Zudem war sie, den Teller auf dem Schoß, auf dem Sofa eingenickt. Jetzt quälte sie sich in die Senkrechte, brachte den Teller in den Spüler, packte den Koffer aus, verstaute den Inhalt nach Art in Wäschetruhe und Schränke, dann brühte sie sich einen starken Espresso.

Als die letzten schlummernden Lebensgeister wirklich wach waren, widmete sie sich der Körperpflege, schlüpfte in Jeans und Pullover, nahm die Jacke vom Garderobenhaken und eilte, vorbei am Kolosseum, Richtung Ponte Palatino davon. Das Amphitheatrum Flavium, wie man die gigantische Arena damals nannte, hatte es zu Caligulas Zeiten noch gar nicht gegeben. Es war erst 72 bis 80 nach Christus erbaut worden. Den nun zerstörten Pons Aemilius gab es hingegen schon seit dem Jahr 174 vor Christus.

„Ich will endlich wissen, was es mit der Brücke in meinen Träumen auf sich hat! Jetzt, sofort, auf der Stelle!"

Montag morgen, mitten im Berufsverkehr. Eine halbe Stunde später betrat sie die Brücke auf jener Seite, an der sich die Reste des Ponte Rotto befanden. Zögernd ging sie bis zur Flussmitte, wo sie, sich mit den Unterarmen auf das Geländer stützend, stehen blieb. Beinahe jeden Stein nahm sie unter die Lupe, ohne etwas Ungewöhnliches zu entdecken.

„Vielleicht gibt sie erst zum März-Äquinoktium ihr Geheimnis frei", überlegte Gianna, seufzte, drehte sich um, entschlossen nach Hause zu gehen – und stieß äußerst heftig mit einem Passanten zusammen, der soeben hinter ihr die Brücke überquerte.

„Sind Sie immer so stürmisch?", witzelte er, sie festhaltend, weil sie strauchelte. Dann hob er schmunzelnd seine Sonnenbrille auf, die ihm wegen des Aufpralls heruntergefallen war.

„Nur heute", stammelte Gianna, als sie den ersten Schock verdaut hatte. Das Gesicht vor ihr glich dem des ehemaligen Gladiators zum Verwechseln. Sogar die roten Augen waren vorhanden. Und nicht nur das! Den Mann auf der Brücke zierten die gleichen Muskelpakete. „Kann ich es wiedergutmachen, Sie fast umgerannt zu haben?", flüsterte sie.

Er hatte ihr Gesicht ebenfalls mit völliger Verblüffung studiert. Nun sagte er: „Hmm, hmm, können Sie. Ich habe keine Lust, allein den Tag totzuschlagen. Sie könnten mich begleiten, falls es Sie nicht stört, dass ich mir beim Schweißen die Augen verblitzt habe, deswegen die ganze Zeit meine Sonnenbrille tragen muss, und ohne sie wie Dracula auf Abwegen aussehe."

„Gebongt, ich habe gerade nichts anderes vor!" Gianna hängte sich mit strahlendem Lächeln in den angebotenen Arm ein.

Er schaute sie undefinierbar lächelnd von der Seite an. „Gehen Sie immer gleich mit jedem Fremden mit?"

„Nein, nur wenn der Marcus heißt und Gladiator ist."

Stehenbleibend schaute er ihr tief in die
Augen. „Ich bin zwar kein Retiarius mehr,
kämpfe aber im Job manchmal mit den gleichen
harten Bandagen. Ich nehme auch nur Frauen
mit, die Gianna heißen und fließend Latein sprechen."

„Oh mein Gott! Du bist es wirklich!", hauchte
sie, sich an seine Brust schmiegend, wie sie es
auf der Visconti-Brücke getan hatte.

Er schloss sie aus einem Impuls heraus in
seine Arme. Sofort stieg ein tief vertrautes Gefühl in ihm auf. „Du kannst mich gern für einen
Verrückten halten", flüsterte er. „Ich bin sicher,
dass wir uns kennen, weil ich deinen Namen
und von deinen Lateinkenntnissen weiß. Auch
wenn ich gerade eben dein Gesicht in dieser
Stadt zum ersten Mal gesehen haben dürfte. Ich
fühle, dass wir zusammengehören."

„Das du unsicher bist, wundert mich nicht, wo
deine Seele erst gestern wirklich frei geworden
ist", wisperte sie.

„Du weißt davon, dass ich wochenlang
schwerste Depressionen und von klein auf
merkwürdige Visionen hatte, die gestern plötz-

lich endeten?", stotterte er überrascht. „Sie haben mich sogar für schizophren gehalten."

Gianna schüttelte den Kopf. „Nein, das habe ich nicht gewusst. Lass uns ein ruhiges Fleckchen suchen, wo ich dir von meinen Urlaub am Gardasee berichten kann."

„Gardasee", stammelte Marcus, sich erbleichend ans Herz fassend. „Ist es eine vermessene Bitte, zu mir nach Hause zu gehen, um ohne lästige Lauscher reden zu können?"

„Die Bitte ist keineswegs vermessen." Gianna hängte sich wieder in den dargebotenen Arm ein.

„Ich habe das Auto gleich hinter der Brücke stehen", verriet Marcus.

„Du fährst einen Porsche?", staunte sie, seine Hilfe beim Einsteigen gern annehmend.

Marcus lächelte. „Unter anderem. Er ist aber mein Lieblingsstück."

Die Fahrt dauerte eine Viertelstunde, führte zum Rand der Stadt, wo er auf eines der richtig teuren Grundstücke mit einem wahren Traumhaus zuhielt. Gianna bekam große Augen. Marcus öffnete das schmiedeeiserne Tor mit der Fernbedienung, parkte den Wagen genau vor der geschwungenen Freitreppe, die er sie am

Arm hinauf und bis in einen geschmackvoll ein-
gerichteten Salon führte, der, wie alles auf den
Anwesen, eindeutig altrömisch beeinflusst war.
Ganz selbstverständlich versetzte er ihr Tafel-
wasser mit einem Hauch Limette, wie sie es
wirklich am liebsten trank, ehe er es auf Eiswür-
feln servierte. Auch ihre Lieblingsschokolade
zauberte er hervor.

„Du hast es nicht vergessen", stellte Gianna
mit vor Rührung erstickter Stimme fest.

Marcus schaute sie verloren an, nahm ihre
Hände. „Bitte löse die vielen Rätsel", flüsterte er
mit flehendem Blick.

„Ich will es versuchen", schwor sie, ihre
Pocketkamera via Bluetooth mit seinem riesigen
Fernsehgerät an der Wand verbindend.

Marcus fasste sich an die Stirn. „Ich bin in
meinem ganzen Leben weder am Gardasee gewesen noch habe ich Filme darüber gesehen und
erkenne trotzdem alles wieder", murmelte er irri-
tiert.

„Richtig interessant wird es ab jetzt", sprach
Gianna, ihre Ankunft in Sirmione zeigend und
erzählend, was sie von da an im Einzelnen
Mystisches erlebt hatte, womit sie Marcus in ein
Wechselbad der Gefühle stürzte.

„Du bist nicht verrückt", beschwor sie ihn. „Ein Teil von dir ist wirklich dort gewesen." Dann berichtete sie von jener Nacht, wo sie gemeinsam den Dolch geborgen und sie diesen schließlich in den Mincio geworfen hatte. „Von da an habe ich wie ein geprügelter Hund darunter gelitten, dich verloren zu haben. Ich brach infolgedessen gestern meinen Urlaub ab, um an der Palatino-Brücke nach Antworten zu suchen."

„Daher also die dunklen Augenringe", flüsterte er, die Partien sanft mit den Fingerspitzen streichelnd, was sich für Gianna so zart wie die Berührung durch das Geistwesen anfühlte. „Ich bin ebenfalls hingefahren, weil ich ständig von der Brücke geträumt habe, und hoffte, dort die Frau aus meinen Tagvisionen wiederzufinden. Was mir ja auch irgendwie gelungen ist. Nur dass ich seit über einer Woche jeden Morgen auf der Brücke gestanden habe, um auf das Wunder zu warten", berichtete Marcus, sie liebevoll an sich ziehend.

„Also genau seit jenem Tag, als wir in Sirmione aufeinandertrafen", staunte Gianna.

Er nickte. „In diesem Leben heiße ich Marcus della Torre, bin Architekt, mit einem Hang zum

Altrömischen. Wobei ich mich, seit zwei Stunden, nicht mehr wundere, woher das rührt", erzählte er lächelnd. „Was hältst du davon, die letzten Urlaubstage mit mir gemeinsam zu verbringen? Schließlich hat dein Kummer meinetwegen den ganzen Erholungseffekt zunichtegemacht."

„So soll es sein", strahlte Gianna. „Zumal es ja wirklich keine Zufälle gibt, wie das Hotel Alla Torre, wo ich praktisch meinen Stützpunkt zu deiner Rettung hatte, und deinen Namen della Torre. Alles fügt sich nahtlos zusammen."

„Ich möchte dich nach Orvieto entführen, das recht schnell zu erreichen ist. Denn mit Badeurlaub hast du nichts am Hut, soweit ich weiß", schmunzelte er.

„Stimmt auffallend", gab Gianna lachend zu. „Aber was nicht ist, kann ja noch werden."

„Der Traum vom Urlaub im Thermen-Hotel!"

„Huch, was du alles aus meinen Gedanken abgelesen hast!", erschreckte sich Gianna.

Marcus blinzelte vergnügt. „Dafür, dass du mich in zwei Welten vor ewigen Qualen gerettet hast, werde ich versuchen, dir nun jeden Wunsch von den Augen abzulesen, weil ich es aus den Gedanken nicht mehr kann."

Gianna nahm das Taschentuch hervor und tupfte ein paar Tränen von ihren Wangen. „Die Luft ist heute so staubig."

„Das kann ich bestätigen." Marcus zog die Nase hoch.

„Nur sieht man es bei dir nicht so, weil die Augen vom Verblitzen entzündet sind", murmelte Gianna.

Er zog sie schmunzelnd an sich. „Deine Schlagfertigkeit ist Balsam für meine Seele. Ich kann mich bestens erinnern, wie du die vier Camper sowohl laut als auch ungesagt, mit punktgenauen Worten bedacht hast." Er wagte einen Versuch, sie zu küssen. Gianna nahm mit seligem Lächeln die Offerte an.

„Fahren wir gleich los?", fragte Marcus.

Gianna blinzelte. „Und Kofferpacken?"

„Fünf Minuten für meinen, zehn Minuten für deinen?"

„Das sollte reichen", kicherte Gianna.

„Ich habe immer einen fertig bestückt parat, um sofort in die halbe Welt fliegen zu können, wenn es um gut dotierte Aufträge geht", erzählte Marcus, sie an der Hand mit sich nehmend. „Der reicht für vier Tage."

Einen Wimpernschlag später brachte er den Porsche in die Tiefgarage und schon saßen sie in seinem bulligen BMW, um zu ihrer Wohnung zu fahren.

„Ich werde die zehn Minuten brauchen, weil ich doch gestern erst zurückgekommen bin", seufzte Gianna.

Marcus winkte ab. „Und wenn es eine halbe Stunde dauern sollte, dann ist das eben so." Er parkte direkt vor ihrem Haus, begleitete sie hinein und schaute sich neugierig in ihrem Domizil um, während sie zusammensuchte, was sie für vier Tage benötigte. Ein vertrautes Gefühl bemächtigte sich seiner. Wie jenes, als er die Nacht in ihrem Turmzimmer gesessen und ihren Schlaf bewacht hatte.

„Hab alles!", kicherte Gianna, den Koffer schließend. „Acht Minuten. Neuer Rekord."

Marcus hob vergnügt lächelnd die Augenbrauen. „Dein pragmatisches Herangehen an jede Herausforderung hat mich schon am See beeindruckt." Er trug ihr Gepäck zum Auto. „Wir essen unterwegs Mittag", versprach er, den Motor startend.

„Ich bin glücklich, dass du dich an die gemeinsamen Tage am See erinnern kannst, und mich nicht für eine Spinnerin hältst, die sich mit Hokuspokus in dein Leben zu schleichen versucht."

„Apropos ins Leben schleichen ... könntest du dir vorstellen, deinen Job im Melograno aufzugeben?"

Gianna antwortete nicht sofort. „Dann müsste ich mich mehr auf die Übersetzungen fokussieren. Unmöglich wäre es zumindest nicht."

„Es war ja nur ein Vorschlag", versuchte Marcus zu erklären. „Ich weiß ja auch, dass ich dich nicht mit Liebe erdrücken darf. Wir ... wir ... ach, ich werde abwarten, ob du nach dem Orvieto-Ausflug überhaupt noch in meiner Nähe sein möchtest."

Gianna lachte herzlich. „Und da dachte ich, dass nur bei mir Amors Pfeil einen kräftigen Widerhaken haben muss. Aber du hast recht. Wir raufen uns erst mal zusammen, dann sehen wir weiter."

„Ha! Ich habe vor lauter Glück glatt vergessen, ein Hotel zu buchen!", stammelte Marcus entsetzt, seinem Handy sofort Sprachanweisungen gebend.

Gianna schüttelte schmunzelnd den Kopf. „Schwer erwischt, würde ich sagen."

Marcus nickte heftig. Da gab auch schon die Computerstimme ihre Recherchen bekannt. Und er gab Order: „La Badia di Orvieto, eine Suite, zwei Personen, vier Übernachtungen von heute an."

„Buchung erfolgt!", tönte es aus dem Lautsprecher.

Marcus wischte sich theatralisch über die Stirn und blies den angehaltenen Atem aus. „Gerade noch gut gegangen."

„Du weißt aber, dass ich keinen Aufstand geprobt hätte, wenn es weniger Sterne gehabt hätte?", merkte Gianna in fragendem Ton an.

„Weiß ich, ich hätte mich nur nicht gut gefühlt, ein inneres Versprechen nur zum Teil erfüllt zu haben", erwiderte Marcus. „Auch, wenn du mir jetzt vielleicht einen Softie-Orden verleihst."

Gianna winkte ab. „Darüber musst du dir die wenigsten Gedanken machen. Jeder braucht einen Ausgleich zum Job." Und sie fügte hinzu: „Fahr einfach weiter, ich sehe dir an der Nasenspitze an, dass du meinetwegen einen Stopp einlegen wolltest. Ob es eine Stunde eher oder später Mittagessen gibt, wirft mich nicht um."

„Deine unkomplizierte Art, habe ich schnell schätzen gelernt", erwiderte Marcus leise. „Sonst hätte ich es nicht gewagt, Sirmione zu verlassen, wo ich so lange Zeit in der Catull-Ruine Unterschlupf gesucht habe."

„Wie bist du denn überhaupt dorthin gekommen, wo doch der Dolch an der Visconti-Brücke lag?"

„Ich bin einer Frau gefolgt, von der ich glaubte, sie sei die Eine, die mich erlösen könne", berichtete Marcus zögernd. „Was für ein Irrtum! Als ich mich nach ein paar Tagen zu offenbaren versuchte, bekam sie einen hysterischen Anfall. Seitdem habe ich mich, hier wie da, von allem Weiblichen ferngehalten, wie der Teufel vom Weihwasser. Na ja, das ist vor etwa 20 Jahren gewesen und ich war noch ein halbes Kind in dieser Welt. Ob ich vorher schon mal wiedergeboren bin, will ich gar nicht wissen." Er setzte den Blinker, um die Autobahn Abfahrt Orvieto zu verlassen.

Gianna bekam kullerrunde Augen, als sie das Hotel La Badia di Orvieto erspähte, eine ehemalige Abtei aus dem 6. Jahrhundert.

Marcus rieb sich freudestrahlend die Hände. „Ich wusste doch, dass ich den Uhrenturm toppen kann."

„Überraschung gelungen", hauchte Gianna überwältigt.

Sie stellten das Auto auf dem hoteleigenen Parkplatz ab, checkten ein und suchten ihre Suite auf. Marcus atmete auf, als Gianna das Doppelbett, wie es eine Suite nun mal hatte, mit einem leichten Lächeln und dem Kommentar zur Kenntnis nahm: „Wir sind beide erwachsene Leute, die wissen werden, was sie tun."

„Wir essen oben auf dem Berg", schlug Marcus vor. „Mit dem Auto sollen es nur 10 Minuten sein."

„Gern!", freute sich Gianna. Sie loggte sich unterwegs ins Internet ein. „Oben in der Nähe des Doms auf dem Parcheggio Piazza Marcusni dürfen wir nur anderthalb Stunden stehen. Morgen sollten wir unten, an den Rolltreppen parken und dann das Shuttle nehmen." Sie ließ sich auch gleich, von google, die heutige Route ansagen.

„So machen wir es", lächelte Marcus, den Anweisungen der Stimme aus dem Handy folgend.

Nägel mit Köpfen

Vor dem Aussteigen klappte Gianna ihre Sonnenblende herunter, um im kleinen Spiegel auf der Rückseite kritisch ihre Augen zu betrachten. „Der Zombie ist wieder in der Welt der Lebenden", murmelte sie, ihre Sonnenbrille in der Mittelkonsole ablegend.

Marcus schaute sie belustigt an. „Stimmt. Keine Schatten mehr."

„Und deine Augen?"

„Drücken schon viel weniger", wiegelte er ab. „Ich verstehe sowieso nicht, wie mir das passieren konnte. Es ist das erste Mal, dass ich die Schweißerbrille ignoriert habe."

„Es gibt keine Zufälle. Das musste so sein, damit ich dich erkenne, denn die roten Augen waren für mich ein Schlüsselerlebnis", erwiderte Gianna. Sie berichtete beim Mittagessen ausführlich über ihre Träume, nachdem er ihr vor die Linse gelaufen war, wobei ihn die Farbe Rot enttarnt hatte.

Marcus lief ein eisiger Schauer über den Rücken. „Dein siebter Sinn erschreckt mich, flößt mir aber gleichzeitig ein Gefühl der Geborgenheit ein. Komische Mischung. Es haben sicher nicht viele eine persönliche Pythia."

Gianna verdrehte lustig die Augen. „Oh je, oh je, diese Wirkung auf andere werde ich wohl nie loswerden! Aber selbst das kann kein Zufall sein."

„Dann bezeichne ich dich eben als meine persönliche Glücksgöttin", schmunzelte Marcus.

„Aber, einen Hausaltar zur Anbetung zu bauen, lässt du bleiben!", forderte Gianna kichernd.

„Fällt schwer", grinste Marcus. „Ich würde sogar deine Lieblingsschokolade als Opfer darauf legen."

„Ich werde einen Klebezettel an meinem Nachttischchen anbringen: Opfergaben hier ablegen!"

Marcus traten Tränen vom Lachen in die Augen. Geschäftspartner oder gar seine Eltern hätten ihn nicht wiedererkannt. Keiner hatte ihn je lachen hören oder lächeln sehen. Sein stets melancholischer Blick stand in krassem Gegensatz zum athletisch durchtrainierten Körper. Man mied private Kontakte mit ihm, weil dieser tieftraurige Ausdruck auch andere schnell deprimierte.

Marcus wischte sich die Augen mit dem Taschentuch. „Verrückt! Brennt nicht mehr!“, murmelte er erstaunt.

Gianna blinzelte. „Lachen ist die beste Medizin.“

„Offensichtlich!“ Er steckte die verspiegelte Brille in die Brusttasche. Sein Blick streifte die Uhr. „Oh, wir sollten schleunigst verschwinden, sonst bekommen wir ein Ticket!“ Er zahlte rasch, dann eilten sie zum Auto. Buchstäblich in letzter Minute. Das lange Gesicht der Ordnungshüterin, die von der anderen Seite des Platzes nahte, sprach Bände.

„Doch Glücksgöttin“, schmetterte Marcus heraus.

„Okay, dann opfere mir heute Abend ein Glas Wein“, schlug Gianna mit breitem Grinsen vor.

„Oh ja! Und das werde ich zelebrieren! Möchtest du dich bis dahin ein wenig ausruhen?“

„Nein, lieber einen Verdauungsspaziergang machen.“

„Deine Kondition hat mich schon am See beeindruckt“, gab Marcus zu.

„Das bringt der Job im Bistro mit sich“, erklärte Gianna.

Marcus presste die Lippen zusammen. Da war es wieder, was er tunlichst aussparen wollte.

Gianna bemerkte das sofort. „Wenn ich nächste Woche kündige, bin ich ab November ausschließlich mit standesgemäßem Job in Aktion."

Marcus schreckte zusammen. „Verzeih mir, so habe ich das wirklich nicht gemeint!"

Sie schüttelte milde den Kopf. „Es ist definitiv für dein Image besser. Ich werde alles unterlassen, was in irgendeiner Weise einen Schatten auf dich werfen könnte. Also auch, weiter im Bistro zu jobben."

„Ich werde dich freikaufen. Obwohl das jetzt wie Sklavenhandel klingt."

„Das müsstest du mit Alessandro, dem Chef des Melograno, aushandeln."

„Persönlich, gleich wenn wir von unserem Urlaub zurück sind", legte Marcus fest.

Gianna schmiegte sich an seine Brust. „Es wird das Richtige für uns beide sein."

Marcus drückte sie liebevoll an sich. Er freute sich auf einen zauberhaften Abend und die Nacht an ihrer Seite. Die weitläufigen gepflegten Grünanlagen um das Hotel prangten in buntem Herbstlaub, dem die Sonne einen leuchtenden

Kupferton verlieh. Laut App werde das auch bis zum Ende des Urlaubs so bleiben. Gianna streckte mit geschlossenen Augen das Gesicht den letzten Abendsonnenstrahlen entgegen.

„Genießerin", flüsterte Marcus, ihr einen Kuss auf die Nasenspitze hauchend.

Sie lächelte, ohne die Augen zu öffnen. Seinen Arm um ihre Schulter gelegt, schlenderten sie zum Auto, um in einem der Restaurants im Ort zu essen. Den Rest des Abends wollten sie bei einer Flasche Wein in der Bar des Hotels genießen.

Als sich in Giannas Augen die Flammen der Kerzen auf dem Tisch spiegelten, stellte er fest, dass sie glücklich aussah. In dem kleinen Restaurant in Garda hatte sie zufrieden gewirkt. Was nun eine deutliche Steigerung erfahren hatte. Das Essen war vorzüglich, das Ambiente anheimelnd und so ließ Marcus für den nächsten Abend Plätze reservieren.

Zurück im Hotel brachten sie die Jacken ins Zimmer, um gleich anschließend die Bar aufzusuchen.

„Zur Feier des Tages Champagner?", fragte Marcus, worauf Gianna begeistert nickte. Beim

Preis schliefen ihr die Gesichtszüge ein. Marcus blinzelte lustig: „Man bezahlt die Aussicht mit."

Worauf sie ihm scherzhaft mit dem Finger drohte und murmelte: „Ich möchte lieber nicht wissen, was du dir außerdem gemerkt hast."

„Alles", verriet er, verschmitzt lächelnd.

Gianna hob die Augen gen Himmel. „Ach herrje!"

Dann erhoben sie die Gläser. „Auf diesen zauberhaften Tag, auf uns und immerwährendes Glück", sprach Marcus feierlich.

„Genau so möge es sein", Gianna stieß mit ihm an.

Sie schmiedeten Pläne für den nächsten Tag, den sie komplett in der historischen Altstadt auf dem Berg verbringen wollten. Die Gleichheit der Interessen werde auch den zweiten Tag zu einem besonderen Erlebnis machen.

Gegen Mitternacht stiegen sie zu ihrer Suite hinauf, wobei sich schon auf der Treppe jene knisternde Atmosphäre aufbaute, die sich bereits in der Bar angedeutet hatte. Beide schienen in gleicher Weise die Zweisamkeit herbeizusehnen. Der Mond sandte eine Bahn silbernen Lichts in den Raum, sodass Marcus den Schalter der Deckenlampe unberührt ließ, stattdessen mit einer Hand blindlings die Tür schloss, mit der anderen Gianna an sich zog, um sie leidenschaftlich zu küssen.

Ihre Hände huschten über seinen ausgeprägten Sixpack, den sie unterm Hemd nachmodellierte. Wo Hemd und beider gesamte Kleidung plötzlich hingekommen war, interessierte sie nicht. Sie ergab sich mit inniger Wonne dem siegreichen Eroberer.

Als sie, Sonnenwärme spürend, erwachte, lag sie an Marcus' Brust gebettet, der sie sogar im Schlaf schützend umfangen gehalten hatte, wie mit seiner Präsenz am Gardasee.

„Guten Morgen, mein Liebling", flüsterte er, mit den Fingerspitzen ihren Rücken streichelnd.

„Hmmm, das macht gleich Lust auf mehr", schnurrte sie, worauf sich das Streicheln intensivierte und schließlich in einen brandheißen Liebesakt überging.

„Es kann nur ein ganz wundervoller Tag werden, wenn er so beginnt", flüsterte Marcus glücklich.

Ein Blick über die Bettkante ließ beide schließlich grinsen. „Muss eine verdammt heiße Schlacht gewesen sein", stellten sie synchron sprechend fest, begannen zu lachen und gemeinsam das Chaos zu ordnen.

Marcus genoss es sehr, dass Gianna kein stundenlanges Make-up- oder Haarbrimborium brauchte, um umwerfend auszusehen. Nun betrachtete er kritisch seinen Drei-Tage-Bart.

„Sieht gut aus", konstatierte Gianna.

„Wirklich?"

„Wirklich." Sie strähnte sein sattbraunes Haar, zärtlich mit den Fingern. Es verlieh ihm, zusammen mit den blaugrauen Augen, die je nach Lichteinfall die Farbe zu wechseln schienen, etwas Geheimnisvolles.

Marcus hauchte ihr einen Kuss auf die Stirn. Schließlich schafften sie es doch noch, pünktlich beim Frühstück zu erscheinen. „Und das, wo Chaos sonst gar nicht mein Ding ist", blinzelte er.

„Verständlich. Wenn dir ein Fehler unterliefe, könnte es für viele tödlich enden", seufzte Gianna. „Ich muss beim Übersetzen auch voll konzentriert bleiben. Deswegen hatte ich als Ausgleich den quirligen Bistro-Job behalten." Und ehe er wegen des Themas erschrecken konnte: „Mir wird schon was Passendes einfallen. Vorträge zum Beispiel oder Führungen auf Lateinisch."

„Das klingt vielversprechend", staunte Marcus. „Ich kenne ein paar Leute, die sich das nicht entgehen lassen würden. Für Indoor-Aktionen hätte ich sogar die richtige Technik auf Lager und 3-D-Animationen vieler altrömischer Gebäude."

„Wirklich?", fragte diesmal Gianna freudig erschreckt.

„Wirklich!", bestätigte Marcus im Brustton der Überzeugung.

Eine halbe Stunde später brachen sie zum historischen Stadtfelsen auf, um den ganzen Tag auf den Spuren alter Baumeister zu verbringen. Sie begannen auch tatsächlich mit den Etruskern, die nicht die Ersten gewesen waren, die hier gesiedelt hatten, um dann ganz langsam die Jahrhunderte aufwärts zu durchstreifen. Marcus staunte immer wieder, welch immenses Wissen Gianna angesammelt hatte, um die zu übersetzenden Fachbücher begreifen zu können.

Sie stiegen sogar in die Tiefen des Brunnens Pozzo di San Patrizio aus dem 16. Jahrhundert ab, der, so wusste sie ebenfalls, ein regelrechtes Muss, für jeden Architekten war, der wirklich etwas auf sich hielt. Er galt schon zu seiner Entstehungszeit als aufsehenerregend.

„Weißt du eigentlich, dass du die ideale Frau für einen Vollblutarchitekten bist?", fragte er, sie zärtlich küssend, am Grund des Brunnens. „Am liebsten würde ich dir jetzt und auf der Stelle einen Heiratsantrag machen."

„Weil der Brunnen nach dem Heiligen Patrizio benannt ist, dem der Zugang zum Fegefeuer gezeigt worden war?", schmunzelte sie.

Marcus hob mit einem vergnügten Lächeln die Schultern.

„Verrückter Kerl", sagte sie liebevoll. „Genau so verrückt ist, dass ich den Antrag sogar annehmen würde."

„Wirklich?", stotterte Marcus mit großen Augen. „Oh, unser Lieblingswort. Wir sollten es uns eingerahmt an die Wand hängen!"

Beide begannen, sich fest im Arm haltend, zu lachen.

„Ich meine es ernst", versuchte Marcus, zu erklären.

„Ich auch", strahlte Gianna.

„Gibt es hier einen Juwelier?", überlegte Marcus laut.

„Oben vielleicht. Hier unten sieht es schlecht aus", kicherte Gianna, ihn an der Hand hinter sich her ziehend, um den wie eine Helix gewundenen Weg wieder zu erklimmen.

Marcus mäßigte sich bei der Suche nach einem Juwelier. Er hätte es nicht verwunden, Gianna den Tag durch Übereile zu verderben. Also besuchten sie als Nächstes den herrlichen Dom, fachsimpelten über die Architektur und grinsten sich fröhlich an, als sie es bemerkten.

Beim Hinabschreiten der breiten Freitreppe stupste Gianna Marcus an. „Schau mal, was ich entdeckt habe!" Ihr ausgestreckter Zeigefinger zielte auf ein Hinweisschild zum Juweliergeschäft Orogami in der Via del Duomo.

„Nix wie hin!" Diesmal zog Marcus sie scherzhaft an der Hand hinter sich her.

Minuten später hatte Gianna Mühe, nicht die Fassung zu verlieren. Marcus war erst zufrieden, als sie einen Verlobungsring gefunden hatten, den sie sich wirklich innigst wünschte. Bei den Trauringen legte er fest: „Was Schickes für die Zeremonie und Repräsentationszwecke und zusätzlich was Gediegenes für den Alltag."

„Ich bin in Schockstarre", flüsterte sie, als er ihr auf der Straße den Arm reichte.

„Das legt sich wieder", prophezeite er lächelnd. „Ich kann doch die zukünftige Signora della Torre nicht mit Massenware zum Altar führen. Ein bisschen Standesdünkel hat man schon, als Nachfahre eines Mailänder Herrschergeschlechts."

„Oh, dann trifft meine Vermutung bezüglich der Namensherkunft sogar zu!", staunte Gianna, um sogleich zaghaft zu fragen: „Was werden deine Eltern zur plötzlichen Hochzeit sagen?"

„Die werden drei Kreuze machen. Dachten sie doch die ganzen Jahre, ich werde einen Mann oder wegen psychischer Probleme gar nicht heiraten", seufzte Marcus und fügte schnell hinzu: „Wobei ich mich nie mit Männern beschäftigt habe."

„Meine Familie wird glatt der Schlag treffen", witzelte Gianna. „Beide sind Angestellte in gehobener Position. Sie haben es nicht begreifen wollen, warum ich trotz erfolgreichen Studiums meinen ehemaligen Studentenjob behalten habe. Sie ahnen nicht einmal, dass ich Fachbücher übersetze. Ich bin für sie das Bistro-Dummchen. Sie haben auch keinen Schimmer, was die vielen in der Gastronomie Arbeitenden mental und körperlich wirklich leisten. Genau so wenig kapieren sie, dass viele davon aus anderen Berufen kommen oder eben neben einem ‚ehrbaren' Studium Geld zum Überleben verdienen. Ich gönne ihnen den Schock von ganzem Herzen."

„Ich möchte dich meinen Eltern gern auf neutralem Boden, sprich hier, vorstellen", erklärte Marcus. „Was hältst du davon, wenn ich sie für morgen mit Übernachtung einlade, und wir gemeinsam Verlobung feiern?"

„Einverstanden."

„Deswegen werden wir uns jetzt noch einen Nobelzwirn zulegen." Marcus geleitete sie auf die andere Straßenseite zu einer gediegenen Boutique.

Sowohl hier als auch beim Juwelier hatte Marcus gebeten, den Einkauf am späten Nachmittag abholen zu dürfen, was ihm nicht verwehrt worden war.

So schauten sie ganz in Ruhe noch die Museen an, genossen den herrlichen Ausblick, aßen zu Mittag, tranken Espresso und holten kurz vor 18 Uhr die Einkäufe ab.

„Du wirst dich meinetwegen ruinieren", stöhnte Gianna, als sie mit Beuteln vollgepackt per Shuttle das Auto aufsuchten, um anschließend runter in den Ort zu fahren, wo sie das Abendbrot einzunehmen gedachten.

Marcus grinste vergnügt. Sein Sparstrumpf für besondere Fälle war bestens gefüllt.

Mittags hatte er, zwischen Hauptmahlzeit und Nachtisch, seinem Vater per Mail die Einladung zur Blitz-Verlobung geschickt. Noch bevor sie die Pizzeria betraten, kam die Antwort per Kurznachricht: Wir werden gegen 10 Uhr erscheinen. Gruß Vater & Mutter.

„Ist das nun gut oder schlecht", rätselte Gianna wegen der Kürze der Antwort.

„Eindeutig gut. Sonst würden sie nicht die weite Fahrt auf sich nehmen." Marcus überprüfte gleich noch einmal, dass die Zimmerbuchung wirklich erfolgt war.

„Um auf unser Gespräch vom Spaziergang zurückzukommen – dir wäre es am liebsten, wenn ich Knall und Fall mit Sack und Pack bei dir einzöge!", stellte Gianna lächelnd fest.

„Ja." Marcus streichelte ihre Hand. „Es ist viel Platz für ein richtig großes Arbeitszimmer und auch dafür, wenn du dich einmal ganz zurückziehen möchtest, sollte ich dich verärgern."

„Hast du am Wochenende Zeit, erste Kisten zu transportieren?", fragte sie kurz.

„Oh ja! Mach sie richtig voll, da spare ich mir das Krafttraining", freute sich Marcus.

Gianna streichelte seinen Bizeps. „Du hast sicher einen eigenen Folterkeller."

„Richtig. Ich habe es schon als Kind gehasst, unter strenger Aufsicht körperlich zu exerzieren."

„Wundert mich nicht. Dein zweites Ich konnte nur Unwillen spüren, wo es doch durch solche Übungen ständig darauf vorbereitet worden war, auf Leben und Tod kämpfen zu müssen. Würdest du mich dulden, um ein bisschen in Form zu bleiben?"

„Was für eine Frage! Jederzeit!" Er seufzte. „Ich bin glücklich, dass ich dich gefunden habe."

Bei der Rückkehr ins Hotel ließ er die Trauringe sofort im zentralen Safe einschließen. Den Verlobungsring nahm er mit in die Suite. Gianna war schon mit den Tragetaschen der Festkleidung zum Zimmer unterwegs. Sie hängte auch alles sofort auf Bügel. Sie war noch dabei, die Beutel zusammenzufalten, als Marcus hereinkam, und den Ring im Zimmersafe deponierte.

„Ich bin fertig! Wir können gleich in die Bar gehen!", rief sie, sich die Hände waschend.

Marcus führte sie am Arm die Treppe hinunter. „Heute Wein?"

„Gern. Ich denke, morgen wird sicher Champagner sprudeln", blinzelte sie.

Marcus lächelte. „Die Wette würdest du gewinnen." Für den heutigen Abend ließ er eine Flasche Wein aus der Region bringen, die auch der höchsten Kategorie angehörte, wie Gianna schon am wundervollen Bukett feststellte. „Nach dem Urlaub ist eher selten mit solchen abendlichen Eskapaden zu rechnen", raunte er auf ihren prüfenden Blick. „Aber nicht aus Geldmangel", fügte er blinzelnd hinzu.

Gianna schüttelte schmunzelnd den Kopf. Für den kommenden Tag planten sie Mittagessen und Kaffeezeit auf dem Berg, Abendessen im Ort. In der Bar des Hotels sollte der Tag ausklingen. „Ich werde die Touren nicht selber fahren", legte Marcus fest. „Wir nehmen ein Taxi."

Gianna war dankbar, dass er sie an Entscheidungen teilhaben ließ, statt sie vor vollendete Tatsachen zu stellen. Beste Voraussetzungen, das weitere Leben gemeinsam und nicht nebeneinanderher zu meistern.

Diesmal lebten sie ihre Leidenschaft füreinander auch bewusster und nicht so ekstatisch wie in der vergangenen Nacht aus, was den Rausch der Erfüllung nicht minderte. Das Guten-Morgen-Kuscheln gipfelte rasch in einem heißen Liebesakt.

Nach dem Waschen schlüpften sie sofort in den Repräsentations-Zwirn, wie Marcus das gehobene Outfit amüsiert titulierte. Sein Aftershave zauberte ihr ein verträumtes Lächeln ins Gesicht. Marcus blinzelte verschwörerisch. Wenn Gianna bei ihm war, blieben alle Sorgen so weit entfernt wie die nächste Galaxie. Sie war seine Luft zum Atmen.

„Sie sind da", erklärte er, als sie sich nach dem Essen erhoben.

In der Tat rollte ein schwarzer Wagen auf den Parkplatz, den Gianna als Stelvio Quadrifolio von Alfa Romeo identifizierte. Sie schaute den Aussteigenden genau so neugierig entgegen, wie diese dem sich nähernden Pärchen.

„Er lächelt!", war das Erste, das Marcus' Vater völlig perplex ausrief.

Marcus brach in herzliches Lachen aus, wobei er fest Giannas Hand drückte.

„Bist du es wirklich?", fragte seine Mutter mit großen Augen.

„Mein Schatz, Gianna Martinelli. Meine Eltern Violetta und Professor Doktor Giancarlo della Torre", stellte Marcus alle einander vor.

„Sehr angenehm", strahlte Gianna über die eindeutig wohlwollenden Blicke. „Hatten Sie eine gute Reise?"

„Ja, es ging zügig voran", antwortete Vater della Torre. „Bei dem herrlichen Herbstwetter war es ein angenehmes Fahren."

Marcus hatte das Gepäck seiner Eltern übernommen, seine Mutter hängte sich kurzerhand bei Gianna an, die das mit freudigem Schreck registrierte.

Nach dem Einchecken gingen sie gemeinsam zu den Zimmern hinauf. Die Frauen voran, die Männer hinterher. Mitten auf der Treppe sagte Vater della Torre auf Lateinisch zu seinem Sohn: „Schon der Tatsache wegen, dich endlich lächeln zu lassen, hat sie den ehrenvollen Titel einer Schwiegertochter verdient."

Gianna blieb, sich umdrehend, stehen und antwortete auf Latein: „Das ehrt mich sehr. Doch hoffe ich, auch anders punkten zu können."

Giancarlo della Torre, verpasste in völliger Verblüffung glatt die nächste Stufe. Marcus konnte ihn gerade noch festhalten. Sein breites genüssliches Grinsen sprach Bände.

„Da ist er das erste Mal sprachlos! Dass ich sowas je erleben würde!", murmelte Mutter Violetta, Gianna mit noch größeren Augen als auf dem Parkplatz musternd.

Nach dem Bezug des Zimmers gab Marcus den Tagesplan bekannt.

Mutter Violetta schaute an sich hinunter. „Passt, ich will nur noch flachere Schuhe anziehen." Sie trug, wie auch Gianna, Hose und Blazer.

Das Taxi erschien pünktlich und so brachen sie zum Berg auf. Auf dem Domplatz stiegen sie aus, Marcus beglich die Rechnung. Weil noch genügend Zeit war, wollten sie sofort dem Dom einen Besuch abstatten. Gianna erzählte, auf welche Weise einige Kunstschätze erst wenige Jahre zuvor an diesen geschichtsträchtigen Ort zurückgekehrt waren.

Marcus' Vater beeindruckte es sichtlich, mit welcher Selbstverständlichkeit Gianna mit historischen Fakten jonglierte. Was er ihr schließlich auch sagte.

Gianna lächelte. „Ich habe Romanistik studiert und arbeite als Übersetzerin von vorzugsweise wissenschaftlichen lateinischen Texten. Da stecke ich an manchen Tagen bis über beide Ohren im Sumpf der Zahlen und uralten Fakten."

Giancarlo outete sich schließlich als Professor für Geschichte des Mittelalters und der frühen Neuzeit. Und schon waren die beiden am Fachsimpeln über den Dom.

Marcus zuckte fröhlich mit den Schultern, weil seiner Mutter glatt der Mund offenblieb. „So, wie die beiden, haben wir gestern auch hier gestanden."

Dann wandte er sich an Gianna und seinen Vater: „Ich unterbreche euch ungern, aber der Mittagstisch wartet."

„Wir kommen", schmunzelte sein Vater, Gianna am Arm hinausführend. Violetta hängte sich bei Marcus ein.

Neue Ufer

Der Vierertisch war festlich geschmückt. Marcus hatte wirklich nichts dem Zufall überlassen. Als die Getränke gereicht wurden und alle auf das Essen warteten, zog er das Etui mit dem Ring aus der Jackett-Tasche. „Damit keiner das Eheversprechen übersehen kann", blinzelte er, Gianna den Ring überstreifend und sie zärtlich küssend. „Nur fühlt sich so ein kleiner Ring ziemlich einsam. Also habe ich beschlossen, ihn mit seinen Freunden wieder zu vereinen." Er zog noch ein Etui hervor, legte Gianna ein breites Collier mit den gleichen wundervollen Rubinen um, und präsentierte ihr auf seiner Handfläche die dazugehörenden Ohrringe. Gianna legte sie mit Freudentränen sofort an und bedankte sich mit einem langen Kuss.

Violetta tupfte ein paar Tränen weg, Giancarlo schniefte auffällig. „Die Luft ist heute so staubig."

Marcus blinzelte. „Das habe ich neulich schonmal gehört."

Gianna nickte heftig. Ihr Hals war wie zugeschnürt. Dabei hätte sie mit ihrem glücklichen Lächeln glatt das ganzen Lokal erhellen können.

„Wenn dem nichts entgegensteht, lege ich hier das Du für alle fest", sagte Giancarlo in fragendem Tonfall, worauf die Frauen im Takt nickten. Marcus ließ eine Lage Champagner kredenzen.

„Habt ihr schon einen Hochzeitstermin?", fragte Violetta.

Die Liebenden schüttelten die Köpfe.

„Ich habe gestern am Grund des Pozzo di San Patrizio spontan Marcus' genau so spontanen Antrag angenommen", verriet Gianna.

„Was? Wieso da unten?", staunte Giancarlo.

„Es ergab sich einfach. Gianna sprach allerdings auch sofort die Sage um den Heiligen an", erzählte Marcus breit lächelnd. „Wir nehmen es deshalb als Zeichen für einen gemeinsamen Aufstieg, der vor uns liegt."

Giancarlo schüttelte amüsiert den Kopf. „Junge, ich erkenne dich kaum wieder. Es scheint wirklich, steil aufwärtszugehen."

„Deswegen werde ich auch alles unterlassen, was meine Glücksgöttin verärgern könnte", schwor Marcus, Giannas Hand streichelnd.

Natürlich fragten die zukünftigen Schwiegereltern nach Giannas Familie.

„Es ist kompliziert", seufzte sie. „Sie werden erst mit der Einladung zur Hochzeit erfahren, dass es einen Partner gibt." Dann erzählte sie über ihren zweiten Job, den sie bisher als Ausgleich zur wissenschaftlichen Arbeit gebraucht hatte.

Nun hakte Marcus ein. „Am Wochenende, also gleich nach unserem Urlaub, werde ich mit Giannas Chef dort sprechen und nötigenfalls eine Ablösesumme zahlen. Wir haben uns wirklich sehr spontan entschlossen, unsere Leben gemeinsam umzusortieren. Am Wochenende wird Gianna auch bei mir einziehen, damit wir einen festen Ruhepol schaffen können."

„Das macht ihr richtig", sagte Giancarlo mehr für sich. „Unseren Segen habt ihr."

„Ein Verlobungsgeschenk bekommt ihr natürlich auch noch", versprach Violetta. „Die Einladung kam halt ein bisschen überraschend."

Marcus und Gianna winkten in genau gleicher Weise schmunzelnd ab, was Giancarlo herzlich lachen ließ. Gianna schien Marcus in jeder Weise zu beflügeln.

Nach dem Kaffeetrinken schauten sich die vier noch gemeinsam einige Sehenswürdigkeiten in Orvieto an, dann rief Marcus ein Taxi, das sie zur Pizzeria bringen sollte. Auch hier hatte er für das richtige Ambiente auf dem Tisch sorgen lassen. „Wenn schon spontan, dann wenigstens edel", erklärte er vergnügt lächelnd, weil auch diese Überraschung gelungen war.

Für den Abend an der Bar, so kam nebenbei heraus, hatte er keine besonderen Vorkehrungen getroffen. Der Taxi-Transfer zurück zum Hotel klappte reibungslos. Die Damen brachten die Handtaschen in die Zimmer, dann suchten alle gemeinsam die Bar auf, wo Marcus in ungläubigem Staunen die Augen aufriss, denn auch hier war der Lieblingstisch festlich geschmückt.

Giancarlo rieb sich die Hände. Dass er von der Toilette der Pizzeria aus telefoniert hatte, war niemandem aufgefallen.

Marcus ließ wieder den teuersten Tropfen kredenzen.

„Was haltet ihr davon, wenn wir noch einen Tag länger bleiben?", fragte Giancarlo plötzlich.

„Viel!", antwortete Marcus nach kurzem Blickwechsel mit Gianna.

„Dann würde ich euch nach Acquapendente entführen. Ich möchte wetten, dass ihr den kleinen Ort nicht kennt."

„Stimmt", sagte Gianna.

„Es sind nur rund 40 Minuten mit dem Auto. Da gibt es nämlich sehenswerte Bauwerke aus verschiedenen Epochen. Zum Beispiel den Barbarossa-Turm aus dem 12. Jahrhundert. ‚Hängende Wasser' heißt der Ort wegen der vielen Wasserfälle in der Umgebung."

„Ich bin auch dafür", erklärte Marcus.

Giancarlo war praktisch mit einem Satz aus der Bar und an der Rezeption, um das Zimmer für eine weitere Nacht zu buchen.

„Es bleibt also geschichtsträchtig", blinzelte Violetta Gianna zu.

Die hatte Mühe nicht hellauf zu lachen, weil ihr das kleine Gespräch mit den Kollegen vom Tag vor dem Urlaub einfiel. Nun werde sie zwar nicht den Professor, aber den Sohn, heiraten. *„Ja, die Zufälle!",* lachte ihre innere Stimme.

Es war auch kein Zufall gewesen, dass sie den Ring mit dem blutroten Rubin ausgewählt hatte. Das war die Farbe, der sie ihr großes Glück verdankten. Dass es Marcus genau so sah, und seinen inneren Frieden mit dem unrühmlichen

Ende seines Gladiatorendaseins gemacht hatte, zeigte sich, indem er das Set mit tropfenförmig geschliffenen Steinen komplettierte.

Er bat sie sogar nach dem Duschen: „Lege den Schmuck bitte wieder an, ich brauche das heute."

So war die leidenschaftliche Zweisamkeit auch besonders sinnlich. Marcus' Lippen huschten über ihren Körper und schienen überall gleichzeitig zu sein. Eng umschlungen schliefen sie ein.

In der Nacht hatte es ein wenig geregnet, aus den Wiesen stieg Morgennebel auf, den die Sonne schnell vertrieb. Vor der Tür des Frühstückraumes trafen sie auf Marcus' Eltern.

„Guten Morgen, meine Lieben", strahlte Violetta beim Anblick der fröhlichen Gesichter.

Giancarlo verriet beim Essen: „Sie hat sogar vom wiedergefundenen Lächeln geträumt."

Marcus blinzelte Gianna zu. „Du solltest schleunigst den Zettel an den Nachtschrank kleben."

Gianna musste die Espresso-Tasse absetzen, so sehr lachte sie. Marcus erklärte den anderen inzwischen den Grund.

„Sag's nicht der Katze!", bat Violetta, worauf alle losprusteten.

Gracia war zwar Freigängerin, spielte sich aber wie die Hauptgottheit des gesamten altrömischen Pantheons auf, wenn sie zum Fressen und Schlafen ins Haus kam.

„Ist das herrlich! Ich habe seit Jahren nicht mehr derart gelacht", japste Giancarlo, sich die Augen wischend.

„Ich hätte eine Idee für den Hochzeitstermin", flüsterte Marcus plötzlich Gianna ins Ohr, worauf ihn alle groß anschauten. „Den 20. März nächsten Jahres."

Gianna nickte heftig. „Equinox. Oh ja, das wäre auch mein Traum-Datum."

„Beschlossen", legte Marcus fest. „Ich werde mich gleich nächste Woche um alles kümmern."

„Ach, ist das schön", seufzte Violetta, Giancarlos Hand nehmend.

Eine Stunde später waren sie bereits auf dem Weg nach Acquapendente. Giancarlo gab unterwegs ein paar Erklärungen zur Siedlungsgeschichte, und dass er durch Recherchen zur Erdbebengefährdung mittelalterlicher Burgen auf den Ort aufmerksam geworden war, der von den Behörden in die Kategorie 2 eingestuft wurde. Er erzählte über das Naturreservat Monte Rufeno, wo man sogar Wölfe gesichtet hatte.

„Das sind die, die im Rudel kommen", merkte Marcus an.

Gianna schmunzelte und erklärte für die Schwiegereltern in spe: „Das ist auch ein Insider. Nur muss man ihn erlebt haben, um die Stelle zum Lachen zu finden."

„Giannas Zunge kann eine verdammt scharfe Waffe sein", merkte Marcus an.

Gianna kicherte: „Das Schöne ist, die wird durch ständigen Gebrauch immer schärfer."

„Guter Spruch. Den muss ich mir merken", schmunzelte Giancarlo.

Sie fanden einen öffentlichen Parkplatz in der Nähe des Castello di Torre Alfina, mit dem sie ihre Stadtbesichtigung begannen. Acquapendente gehört zu jenen Orten, die sich ganz bewusst Entschleunigung auf die Fahnen geschrieben haben. Die vier Ausflügler passten sich dem sofort an. In einem der anheimelnden Restaurants aßen sie gediegen Mittag und genossen es, dass sich die Urlaubssaison dem Ende zu neigte, wo der Trubel allgemein deutlich abebbte.

Sie statteten dem Torre del Barbarossa einen Besuch ab, dem letzten Zeugnis, dass im 12. Jahrhundert an dieser Stelle eine Stauferburg gestanden hatte. Giancarlo brillierte mit seinem Wissen um den rotbärtigen Kaiser.

„Genau so möchte ich das mit meinen lateinischen Vorträgen zum antiken Rom machen", schwärmte Gianna. „Begeistern statt schulmeistern."

„Erzähle!", bat Giancarlo, worauf Gianna ihre Ideen darlegte. „Klingt gut. Ich habe Räume und Publikum. Für jene, die kein Latein sprechen, oder nur Bahnhof verstehen, kannst du die Vorträge ja auch in einer zweiten Version auf Italienisch halten. Es könnte im November losgehen." Er hielt ihr die Hand hin.

Gianna schlug ein. Marcus hob beide Daumen.

„Und wenn sich das Konzept bewährt, steige ich über das Mittelalter mit ein", erklärte Giancarlo zuversichtlich.

„Zum Thema Okkultismus solltest du Gianna das Wort lassen. Ich bin der lebende Beweis, dass nicht alles Schnurrpfeiferei ist, was die Alten aufgeschrieben haben", warf Marcus ein. „Sie hat sich mit meiner zerrissenen Seele beschäftigt, ohne mich für einen Irren zu halten. Sie hat die Puzzleteile zusammengefügt, und mir die Erinnerungen gelassen. Denn es gibt wirklich mehr im Himmel und auf Erden, wie ich ganz sicher weiß, seit sie in mein Leben getreten ist."

Violetta atmete tief durch. „Das glauben wir seit gestern auch."

„Den Okkultismus möchte ich lieber aussparen", murmelte Gianna.

„Ich auch", bekräftigte Giancarlo. „In den falschen Händen entsteht daraus nichts Gutes."

„Genau so ist es", bestätigte Gianna.

Dann blinzelte Giancarlo. „Ich kenne aber jemanden, den wir konsultieren werden, wenn wir architektonisches Fachwissen für einen Brückenschlag zur Neuzeit brauchen."

„Echt? Sowas gibt es?", staunte Marcus gespielt und mit großen Augen. „Ich dachte immer, das wären Legenden."

Bei solch angeregter Unterhaltung verging der Tag wie im Flug, sodass sie erst im Anschluss an das Abendbrot nach Orvieto zurückfuhren. Der Abend an der Bar gehörte zum festen Urlaubsritual, das sie mit Wonne zelebrierten. Genau wie die innige Zweisamkeit danach.

„Oh, der letzte Tag Sonnenschein", stellte Marcus beim Blick auf die Wetter-App fest. Um gleich darauf vergnügt hinzuzufügen. „Den nehmen wir nach Rom mit. Dort hat es geregnet, seit wir im Urlaub sind."

Beim Abschiedsfrühstück mit den Eltern legten sie fest, sich alle zwei Monate treffen zu wollen, um Stunden in Familie zu verleben. Herzliche Umarmungen, dann fuhren sie gemeinsam Richtung Autobahn.

„Was für ein unglaublich toller Urlaub", freute sich Gianna, ihren Koffer in Marcus' Haus tragend, durch das er sie nun komplett führte, damit sie eine erste Orientierung bekam. Wobei er gleich die Trauringe im Tresor seines Büros einschloss.

„Eines dieser drei Zimmer kannst du dir als Arbeitsraum aussuchen", sprach er, die Türen zu den derzeitigen Gästezimmern öffnend.

„Dann nehme ich das linke, mit dem zauberhaften Blick über den Garten", entschied sich Gianna sofort.

„Bestens", freute sich Marcus. „Was hältst du heute von was Einfachem zu Mittag?"

„Viel. Besonders wenn es um Spaghetti mit einem großen Berg Käse geht", blinzelte sie.

Marcus lachte herzlich. „Kein Problem. Das gehört zur Mindestausstattung der Speisekammer und ist noch niemals aus gewesen. Was möchtest du dazu haben? Pesto und Tomatenstückchen?"

„Klingt gut."

„Nach dem Essen fahren wir zu deiner Wohnung und laden das Auto voll."

„Das klingt auch gut." Gianna rückte in Gedanken schon Möbel, wie er mit Zufriedenheit feststellte.

„Deine vielen Zimmerpflanzen kannst du in der ganzen Wohnung verteilen. Dann sieht es wenigstens nicht mehr so steril nach pedantischem Junggesellen aus", witzelte er. „Jetzt zeige ich dir noch den Garten, weil wir ja die Kräuter für das Pesto brauchen."

Hinterm Haus befand sich auch ein kleiner Pool, daneben eine gemütliche Grillecke, was vom Fenster aus, nicht zu sehen gewesen war.

„Das Haus habe ich erdbebensicher bauen lassen", merkte Marcus an, weil Giannas Blick die Fassade hinauf glitt. „In unserer Gegend weiß man ja nie."

„Ich bin nur gerade völlig überwältigt, weil es von vorn viel kleiner wirkt, als es tatsächlich ist", flüsterte sie.

Marcus nahm sie in den Arm. „Das war der Vorteil daran, direkt in einen Hang hinein bauen zu können. Von der Straßenseite aus fehlt optisch eine ganze Etage. Nun hat mein kleiner Palast endlich eine Königin."

Während die Spaghetti vor sich hin kochten, gab Marcus Basilikum, Knoblauch und geröstete Pinienkerne in einen hohen Rührbecher, um alles zu pürieren. Gianna rieb den Parmesan mit der Hand, den er zuletzt mit Oliven-Öl untermischte. Dann schmeckte er das Pesto mit Meersalz ab.

„Hmm, es duftet köstlich!", schwärmte Gianna, rasch den Tisch in der riesigen Küche deckend.

„Möchtest du ein Glas Wein zum Essen trinken?", fragte Marcus.

Gianna schüttelte den Kopf. „Nein, ich bleibe aus Solidarität bei Wasser."

Marcus' Pesto-Kreation war definitiv lecker. „Ich esse Spaghetti auch gern als cacio e pepe", verriet er.

„Wie ich!", antwortete Gianna. „Na, du weißt ja, dass Teigwaren bei mir immer ganz oben auf der Wunschliste stehen. Und Gnocchi."

„Dann weiß ich, was es morgen Mittag Schönes gibt", rieb sich Marcus die Hände. „Es sollten genügend Kartoffeln da sein."

„Ach ja, meinen Kühlschrankinhalt müssten wir bevorzugt mitnehmen", überlegte Gianna laut.

„Kein Problem, wir werden heute sicher nicht nur eine Tour fahren. Kannst du auf die Schnelle ein oder zwei Freunde aktivieren, die uns helfen könnten?"

„Aber ja! Einer davon wäre sogar ein potenzieller Nachmieter!" Gianna holte ihr Handy aus dem Rucksack. Sie bekam beim dritten Klingeln Kontakt. „Hi, Niccolò, ich hoffe, ich störe nicht beim Essen. Ja, der Urlaub war zauberhaft. Diesmal habe ich mir sogar ein Souvenir mitgebracht." Sie blinzelte Marcus vergnügt zu. „Den Mann meiner Träume. Und da bin ich gleich beim Thema: Ich brauche ein bis zwei kräftige Helfer, da wir heute schon mit meinem Umzug zu ihm beginnen wollen."

Marcus schmunzelte, weil überlaut aus dem Lautsprecher tönte: „Juhuuu, dann bekomme ich ja doch noch Räume im Zentrum! Ich werde pünktlich mit Lorenzo auf der Matte stehen!"

Sie handelten die Zeit aus und Gianna steckte das Handy mit einem vergnügten Grinsen wieder weg. „Niccolò und sein jüngerer Bruder Lorenzo sind Steinmetze." In dem Moment klingelte das Smartphone. „Niccolò, was gibt es?", fragte Gianna erschreckt.

„Soll ich mit dem großen Transporter kommen oder habt ihr einen?"

„Bitte kommt mit Transporter", rief Gianna sofort.

„Ist gebongt! Wir bringen auch ein paar Boxen mit."

Gianna kannte die großen Kunststoffwannen, die man hervorragend stapeln konnte. „Betttücher als Untergrund rein, Klamotten drauf, fertig."

Marcus rieb sich die Hände. „Da laden wir sie doch gleich für nächste Woche als Dankeschön zum Grillen ein."

Das Timing klappte perfekt, denn die Brüder bogen direkt nach ihnen in die kleine Straße ein. Gianna stellte alle einander vor, wobei sich die Männer gegenseitig neugierig beäugten, was mit einem wohlwollenden Grinsen bei den dreien endete. Gianna lachte sich eins. Sie zog sich rasch einen Jogginganzug an, dann koordinierte sie die Arbeiten.

Niccolò gab bekannt, Küchen- und Schlafzimmermöbel übernehmen zu wollen, falls diese vakant seien.

„Super! Da muss ich mir keinen Kopf um den Verkauf machen!", strahlte Gianna.

Der Rest war schnell auseinandergebaut.

„Wenn wir drei Mal mit beiden Autos fahren, bekommen wir alles noch heute von A nach B", regte Lorenzo an.

Genau so zogen sie es auch durch. Die Brüder bekamen auf der ersten Tour große Augen, wer sich hinter Giannas Traummann verbarg. Sie hatten schon im Auftrag diverser Bauherren nach Plänen des bekannten Architekten in Marmor gearbeitet. Dass der privat ein umgänglicher, wirklich patenter Typ war, der ordentlich anpacken konnte, zählte als die Entdeckung des Tages. Der holte auch sofort einen Wasserkasten aus dem Keller, weil Giannas Vorrat schon aufgebraucht war.

Da sie wirklich gut im Rennen lagen, halfen die Brüder noch, die Möbel des Zimmers zu demontieren und im Keller einzulagern, welches sich Gianna als Büro auserkoren hatten. Zwischendurch hatte Gianna für Espresso und kleine Snacks gesorgt, nun bestellte Marcus Abendbrot beim Bringe-Service.

Schließlich saßen sie in der Küche, speisten und unterhielten sich über Gott und die Welt. Beim Du waren die Männer schon bei der zweiten Umzugsfuhre angekommen, denn jeder schätzte des anderen Kunst. Und alle freuten sich auf das Grillen, wo die Brüder auch ihre Frauen mitbringen würden.

Diesmal begannen die frisch Verlobten die Zweisamkeit mit einem heißen gemeinsamen Bad, weil die Plackerei an Gianna nicht spurlos vorüber gegangen war. „Ihr müsst doch Muskeln aus Stahl haben", stöhnte sie, sich langsam in der Wanne niederlassend. „Ich bin fix und fertig."

„Mein armer Liebling", murmelte Marcus, ihr einen zärtlichen Kuss auf die Lippen hauchend.

Die Wärme tat ihr gut und so wagte er, im Bett auf Kuschelkurs zu gehen, was begeistert angenommen wurde.

„Mit der richtigen Taktik doch noch einen Sieg errungen", blinzelte er, als sie sich später zum Schlafen aneinanderschmiegten.

Gianna lächelte vergnügt. „Ein hervorragender Retiarius weiß in jeder Lebenslage, wie man jemanden richtig umgarnt."

Marcus drückte sie blinzelnd an sich. „Eindeutig zweideutig."

In seinem schwersten Kampf hatte er die Gespenster der Vergangenheit besiegt. Ein Triumph, der ihr Werk war. Das würde er in tiefer Dankbarkeit nie vergessen.

So sagte er auch gleich beim Frühstück: „Ich habe vor, dann zum Melograno zu fahren, wie ich es versprochen habe. Kommst du mit?"

„Aber sicher! Ich möchte nur noch meine Kündigung schreiben, damit Alessandro was für die Akten hat."

Das ging schnell. Als sie ankamen, hielt sich auch der Andrang in Grenzen. „*Was für ein Zufall!*", schmunzelte Gianna.

„Oho! Ich ahne, was jetzt kommt!", blinzelte Alessandro bei der Begrüßung, Marcus neugierig taxierend, weil der zu 100 Prozent die optischen Kriterien erfüllte, die sie von einem Traummann erwartet hatte. Er führte sie ins Büro.

„Ich möchte in der Tat kündigen", begann Gianna. „Wie hoch fällt das Abstandsgeld aus, wenn ich die vier Wochen Frist nicht einhalte?"

Alessandro seufzte. „Da hast du mich voll auf dem linken Bein erwischt. Ich habe keine Ahnung. Ich will auch gar keine haben. Betrachte den letzten Monat als Prämie für wirklich hervorragende Arbeit." Er nahm die Kündigung entgegen und steckte sie, ohne sie zu lesen, in den Schreibtischschub.

„Danke!", sagten Gianna und Marcus völlig synchron.

„Es war schön mit und bei euch", gestand Gianna, worauf Alessandro noch einmal tief seufzte.

Marcus drückte ihm mehrere große Scheine in die Hand. „Feiern Sie mit der Belegschaft den Abschied. Gianna wird den Trubel vermissen. Wir werden hin und wieder hier einkehren, damit sie nicht ganz darauf verzichten muss."

„Herzlichen Dank!", strahlte Alessandro. „Ich freue mich schon jetzt auf das Wiedersehen. Alles Gute für Sie beide."

Als sie das Lokal verlassen hatten, zog er den Laptop heran, um den Namen Marcus della Torre zu googeln – Volltreffer. *„Na, da wundere ich mich über gar nichts. Seine Worte hatten eindeutig so geklungen, als habe Gianna nicht ganz freiwillig gekündigt. Irgendwie verstehe ich es schon."*

Lachen musste er allerdings, als er las, dass der Vater des Architekten Professor für Geschichte war. *„Gianna und ihre Prophezeiungen! Es gibt keine Zufälle, hätte sie jetzt gesagt."*

Wo sie doch schon mal in der Innenstadt waren, besuchten Gianna und Marcus einige Ausgrabungsstätten. Gianna wollte den Text einer angefangenen Übersetzung prüfen und stellte fest: „Typisches Beispiel für antike Propaganda. Rufmord hatte schon immer Hochkonjunktur."

„Wenigstens ist es heute etwas schwieriger, missliebige Personen einfach zu erdolchen", brummte Marcus, die Nase rümpfend. „Mich haben sie ja auch in erster Linie zum Retiarius ausgebildet, um mir möglichst spektakulär den Garaus zu machen. War das Netz verloren, konnte man nur mit Schnelligkeit gegen die menschlichen Panzer ankommen. Damit, dass ich so viele Kämpfe lebend überstehen würde, hatten sie jedenfalls nicht gerechnet. Und noch weniger, dass ich des Kaisers Lieblings-Gladiator werden könnte. Siegreiche Kämpfer waren Superstars. Fast ein bisschen schade, dass das Kolosseum erst nach meinem Tod gebaut wurde."

Gianna schaut ihn, wie die Mona Lisa lächelnd, von der Seite an. „Jetzt ist weniger Show?"

Marcus nahm sie in den Arm. „Weniger Glamour. Aber nicht mehr lange. Wir beide werden uns hin und wieder ins mondäne gesellschaftliche Getümmel stürzen. Hoffe ich."

Der treue Hundeblick ließ Gianna hellauf lachen. „Da kann ich doch nur ja sagen!"

„Ich weiß, wo dein Nachtschrank steht, zwecks der Opfergaben zur Besänftigung", grinste Marcus.

Bester Laune kehrten sie in einem Restaurant ein, aßen Mittag und machten sich gesättigt auf den Heimweg. Gianna wollte bis zum Abend noch ein bisschen räumen, Marcus ein Projekt bearbeiten, das er liegenlassen hatte, um sich mit der Orvieto-Reise ganz ihr zu widmen. Ab dem nächsten Morgen sollten geregelte Verhältnisse herrschen, mit festen Arbeits- und Essenszeiten. Kochen wollten sie gemeinsam.

Marcus werde sich nun auch wieder regelmäßig mit seinen Trimm-dich-Geräten beschäftigen. Gianna winkte lächelnd ab, man musste ja nun wirklich nicht 24 Stunden am Tag aneinanderkleben.

Montag Mittag, weil da Giannas Urlaub zu Ende sein sollte, aß Mario Ponti im Melograno. Da sie nirgends zu entdecken war, fragte er schließlich nach ihr.

„Sie steht nicht im Dienstplan", gab man ihm nach kurzer Rückfrage im Büro Auskunft.

„Nur heute nicht oder die ganze Woche?"

„Ich hole den Chef."

Alessandro folgte seinem Angestellten auf dem Fuß. „Ach, Sie sind es!", rief er beim Anblick des Baulöwen. „Gianna hat gekündigt."

„Was?", rutschte es Ponti völlig verblüfft heraus.

„Gestern Morgen zu heute. Da kann man nichts machen", sagte Alessandro bekümmert, aber innerlich grinsend. Gianna hatte wahrlich Besseres verdient.

Ponti zog schließlich mit hängenden Ohren von dannen.

Familie, Freunde, Freudenfeste

Marcus und Gianna vergaßen natürlich nicht, pünktlich die Behörden aufzusuchen, um den Hochzeitstermin verbindlich zu machen. Der war zufällig komplett frei. Zufällig. Was sonst? Marcus wechselte einen vergnügten Blick mit Gianna.

Auch den Grillabend für die fleißigen Umzugshelfer vergaßen sie nicht und bereiteten ihn zusammen vor. Es wurde ein lustiges Miteinander. Vor allem weil die Brüder einige Begebenheiten von spleenigen Sonderwünschen ihrer Kunden erzählten, die sie unter 1000 Mühen zu einem guten Ende gebracht hatten.

„Ich habe auch zwei spezielle Aufträge", sagte Gianna plötzlich. „Ist es machbar, die Einladungen zu unserer Hochzeit in dünne weiße Marmortafeln zu gravieren? Und dann hätte ich gern noch eine dickere Tafel in A2 Format für die Wand mit dem erhaben geschnittenen Wort ,vere' und einer antik wirkenden Rundumverzierung. Etwa so ..." Sie skizzierte ihre Idee auf einer Serviette.

Marcus zupfte sich freudig überrascht am Kinn. Werde es wirklich möglich sein, Giannas Wünsche Wahrheit werden zu lassen?

„Die Tafel ist absolut kein Problem", sagte Lorenzo. „Du musst mir nur die gewünschte Farbe für den Marmor benennen."

„Sehr dunkles Rot, würde ich bevorzugen", sagte Gianna.

„Für den Wohnraum?", fragte Marcus.

„Ja, genau für da", sagte Gianna versonnen.

„Kommt am besten vorbei, um die Wunschfarbe herauszusuchen", schlug Lorenzo vor.

Niccolò hatte die Augen zusammengekniffen. „Wenn ein Zwischending von A6 und A5 nicht abgelehnt wird, sollten auch die Einladungen keine unüberwindliche Hürde werden. Der Haltbarkeit halber kann ich die Unterseite in Resin betten, um wirklich superdünne Platten nehmen zu können. Da die Gravur nicht mit Hand gemacht wird, werden die Texte auch identisch sein. Ich müsste den Wortlaut bis November haben, damit nichts schiefgeht, wenn ihr sie im Januar verschicken wollt."

„In Ordnung!", strahlte Gianna.

Marcus lächelte vergnügt. „Die fertigen Briefe, natürlich mit Umschlägen aus angepasstem, festem weißem Karton, lassen wir per Boten überbringen."

„Ich beschrifte sie euch kalligraphisch", versprach Lorenzos Frau Isabella. „Was haben deine Eltern überhaupt zu den ganzen Veränderungen gesagt?"

„Nichts", zuckte Gianna mit den Schultern. „Ich habe ihnen auch nur die neue Adresse mitgeteilt. Wie der Hase hüpft, erfahren sie durch die Einladung."

„Ich kann mir die Häme vorstellen, als sie die Mail gelesen haben", murmelte Niccolò. „Da hat sie mit ihrem Bistro-Job nicht mal mehr die Miete bezahlen können. Sie werden auch kaum die neue Adresse gegoogelt haben."

„So schlimm?", entsetzte sich Marcus.

„Schlimmer!", erwiderte Lorenzo mit Grabesstimme.

Gianna winkte ab. Dass sie mit weit offenen Armen von Marcus' Familie aufgenommen war, hatten die Freunde in den Unterhaltungen des Abends nebenbei erfahren.

Giancarlo meldete sich vorm nächsten Familientreffen, ob der November-Termin für die erste Latein-Veranstaltung gehalten werden könne.

„Ja, ich bin bereit. Marcus hat mich mit Video-material ausgestattet, das einen Erfolg garantieren wird", verriet Gianna. „Ich werde über die Historie des Domus Aurea sprechen. Wir sollten zwei Stunden einplanen."

„Oho, ein äußerst interessanter Auftakt!", rief Giancarlo. „Ich kümmere mich sofort um die Werbung für die Veranstaltung."

Lokalradio und -fernsehen, sowie die Gazetten verbreiteten die Hinweise, dass die Romanistin und Übersetzerin Gianna Martinelli, am ersten Samstag des November mit einer losen Folge zur Historie altrömischer Bauwerke starten werde. Wobei die Veranstaltungen in Zusammenarbeit mit Professor Doktor Giancarlo della Torre in lateinischer Sprache gehalten würden.

Nicht einmal beim Anblick des Konterfeis kapierten ihre Eltern, um wen es sich handelte. Sicher nur eine zufällige Ähnlichkeit von Namen und Aussehen. Sie hielten es auch nicht für nötig, telefonisch nachzufragen.

„Unglaublich!", waren sich die della Torres einig.

Der kleine Saal des Museums Palazzo Massimo, das Giancarlo leitete, war fast komplett gefüllt. Studenten, Professoren aber auch Neugierige, der alten Sprache mächtige, waren gekommen. Natürlich waren Violetta und Marcus unter den Zuhörern.

Und Mario Ponti, der so herausfinden wollte, ob jene Gianna Martinelli mit der vom Bistro identisch war. Die Fotos deuteten zumindest darauf hin. Ihm fielen fast die Augen heraus, als sie vom jungen della Torre einen zärtlichen Kuss bekam und dessen Eltern sie fest zur Begrüßung an sich drückten. Das war also der Grund für die plötzliche Kündigung! Wobei er nicht geahnt hatte, dass Gianna auf völlig andere Weise ihr Geld verdienen konnte.

Klar kannte er auch Marcus. Er hatte schon einige architektonische Pläne des als introvertiert geltenden Meisters in Bauwerke umgesetzt. Wie es ausgerechnet diesem gelungen war, die quirlige Gianna zu begeistern?

Trotzdem konnte er nach anfänglichem Schock, den Vortrag zu genießen. Gianna brillierte mit Können, Witz und Charme. Die 3-D-Videos faszinierten ihn. Er ahnte, dass die della Torres, die Schwiegertochter in spe, denn daraus hatte der Professor bei der Vorstellung der Referentin keinen Hehl gemacht, mit allem unterstützten, um sie fest zu etablieren. Tja. Und die hatte wirklich was auf dem Kasten, wie Ponti neidlos anerkannte, womit er sie als Bunny abhakte, auch wenn es ganz tief drinnen schmerzte.

Sie kam nach dem Vortrag mit Marcus zu ihm, um hallo zu sagen. „Ihr kennt euch sicher durch den Job", vermutete sie, was beide bejahten.

Vor der Tür des Gebäudes lauerte ein lokaler Zeitungsreporter, der dem Vortrag gelauscht hatte, auf die Chance, ein paar Worte mehr mit Gianna zu wechseln. Marcus lud ihn kurzerhand ins nächstgelegene Café ein, um wohltuende Ruhe in das Interview zu bringen. Natürlich sprach Gianna auch über ihren Job im Melograno, der Spaß gemacht hatte, weil sehr abwechslungsreich, und die Kollegen immer gut gelaunt waren. „Ein Besuch lohnt sich. Sie werden nirgends besseren Espresso bekommen, da gebe ich Ihnen Brief und Siegel drauf", sagte sie.

„Wir werden es morgen in den Kulturnachrichten senden", verriet der Reporter, sich dankend verabschiedend.

„Perfekte Zeit", schmunzelte Gianna. „Ich weiß, dass Alessandro nebenbei Nachrichten hört, wenn er zur Frühschicht da ist."

Marcus rieb sich freudestrahlend die Hände. „In Anbetracht des auffälligen Interesses von allen Seiten werde ich doch glatt die nächsten Videos technisch raffinierter ausfeilen."

„Was? Das geht noch grandioser?", staunte Gianna. Und weil es sich gerade so ergab, erfuhr Marcus auf dem Heimweg etwas mehr Hintergrundwissen zum Thema Mario Ponti, als er bereits am See aus Giannas Gedanken abgelesen hatte. Dabei bemerkte er ziemlich amüsiert, dass der Baulöwe keinerlei Konkurrenz um ihre Gunst darstellte.

Sonntag Punkt elf Uhr lief das Interview im Vormittagsprogramm. Im Büro des Melograno hatte Alessandro tatsächlich gewohnheitsgemäß das Radio an. „... mit Gianna Martinelli, zu ihrer Vortragsreihe ‚Bauwerke der römischen Antike'..."

„Hä????" Alessandro sprang auf und drehte das Gerät auf volle Lautstärke, um kein Wort zu verpassen.

„Was ist denn hier los?", erschreckte sich Tizian, die Tür aufreißend, weil man es bis zum Ende des Ganges hören konnte.

Alessandro legte den Finger auf die Lippen. „Pssst!"

Da waren auch schon Giannas Worte bezüglich des Espresso zu hören.

„Woooooow", flüsterte der Kollege, auf die Uhr schauend. „Zur besten Sendezeit am Vormittag. Gianna ist die Größte!"

„Genau so", bestätigte Alessandro. „Dieses eine Interview ist für uns mehr wert, als bezahlte Werbung in einem Magazin."

Kurz darauf klingelte das Telefon. Der Inhaber der Eisdiele von fast nebenan fragte ungeniert: „Wieso habt ihr den besten Espresso? Womit hast du die beiden aus der Morgensendung bestochen?"

„Wieso? Warum? Weshalb?", lachte Alessandro. „Wir sind ganz einfach die Coolsten. Ich lade dich gern auf ein Tässchen ein!"

Als er aufgelegt hatte, grinste er bis über beide Ohren seinen Mitarbeiter Tizian an. „Das war Rudolfo vom Caffe Roma Gelateria".

„Dass gerade der fragt! Würde der sich um die Bewertungspunkte kümmern, die seine Gäste vergeben, dann wüsste er ohne Nachfrage, dass unser Espresso glatt aus einer anderen Galaxie kommt", grinste Tizian.

Die SOS-Klingel an Alessandros Schreibtisch erklang. „Oho! Ich glaube, es geht los! Die

Espresso-Liebhaber stürmen das Lokal. Raus hier! Hopp, hopp!"

Tizian eilte schmunzelnd davon, um die anderen Kollegen zu unterstützen. Alessandro folgte ihm wenig später, weil wirklich Andrang wie in der Hauptsaison herrschte, nur dass es diesmal vorwiegend Einheimische waren. So entging ihm auch nicht, dass Rudolfo mit in die Seite gestemmten Armen auf der Straße stand und halb verblüfft, halb angesäuert das rege Treiben beobachtete.

„Ich habe gerade keine Hand frei, um ihn zu bedauern", witzelte Alessandro auf Tizians Blinzeln, weil er soeben das Kaffeepulver für den nächsten Espresso mit dem Stempel glättete. Jeder im Umkreis des Brunnens wusste, dass Alessandro sogar schon internationale Barista-Meisterschaften gewonnen hatte. Nur Rudolfo schien keinen Schimmer davon zu haben.

Als zur Abendbrotzeit der Trubel etwas abebbte, schrieb Alessandro an Gianna eine Mail um ihr, auch im Namen der Mitstreiter, zum gelungenen Auftakt der Veranstaltungsreihe zu gratulieren und sich herzlich für die grandiose Werbung zu bedanken.

Marcus freute sich riesig mit ihr, denn es waren auch Mails von all ihren Freunden eingegangen. Lorenzo hatte gleich noch angehängt, dass die Marmortafel fertig sei. Sie teilte ihm mit, diese am nächsten Morgen abholen zu wollen und die Texte für die Hochzeitseinladungen mitzubringen.

„Oh mein Gott! Die ist wundervoll!", freute sich Gianna und Marcus nickte begeistert.

Lorenzo wunderte sich nicht, dass Gianna ihre Fingerspitzen über jedes Detail gleiten ließ, sie konnte die Seele des Marmors genau so fühlen wie er. Ihr fiel ein Zitat ein, das man Michelangelo zuschreibt: „Die Figur war schon in dem rohen Stein drin. Ich musste nur noch alles Überflüssige wegschlagen."

„Genau so ist es!", bestätigte Lorenzo. „Mit ist diese rote Platte buchstäblich vor die Füße gekippt, als wolle sie sagen: Nimm mich! Ich habe den Inhalt, du musst ihn nur noch freilegen."

Kaum hatte die herrliche Tafel ihren Platz in der Blumenecke gefunden, begann Gianna, ständig von der Visconti-Brücke zu träumen. Zugleich fragte Giancarlo nach, ob sie sich für ein Verlobungsgeschenk entschieden hätten, weil der Punkt auf seine Liste noch immer offen war.

Gianna beschloss, Marcus von ihren Traumvisionen zu erzählen.

Der wurde leichenblass. „Bedeutet dass, dass die Hochzeit nicht stattfinden wird?", flüsterte er wehmütig, der Marmortafel einen undefinierbaren Blick zuwerfend.

Gianna schüttelte entschieden den Kopf. „Ganz gewiss nicht. Für mich heißt das, dass wir nach Valeggio fahren und den Dolch aus dem Fluss holen sollten, bevor es andere tun. Wenn uns deine Eltern drei Tage Urlaub finanzieren, können wir das Angenehme mit dem Nützlichen verbinden."

„Sprich du mit meinem Vater. Ich bin wie paralysiert", murmelte Marcus, erneut den blutroten Marmor betrachtend. Er berührte ihn sogar mit den Fingerspitzen. „Fühlt sich warm an."

„Dann sollten wir schleunigst tun, was man uns mitzuteilen versucht! Ich werde mich auch um eine Magnetangel kümmern, weil ich kaum in der Lage sein werde, die Waffe anders zu bergen", verriet Gianna. „Ob das erlaubt ist, oder nicht, geht mir sonst wo am Hintern vorbei. Ich habe den Dolch ja, was für ein riesiger Zufall, dahin geworfen, wo er nicht sofort in das große Becken unterhalb der Brücke gespült werden konnte. Und wenn meine Beobachtung richtig war, dann ist er an Ort und Stelle stecken geblieben. Ich will ihn haben! Je eher, desto besser, damit uns nichts und niemand die Hochzeit vermiesen kann."

Marcus' Eltern schenkten ihnen ohne Zögern die vorsichtig angefragten drei Übernachtungen. Bei strahlendem Sonnenschein kamen sie in Valeggio an. Am Nachmittag begann es sich plötzlich einzutrüben, obwohl die Wetter-App nur 15 Prozent Regenrisiko genannt hatte. Und es war auch nicht nur eine kurze Husche. So standen sie in einer mondlosen, verregneten Novembernacht am Ufer des Mincio und Gianna warf immer wieder die Angel aus. Marcus beobachtete die Umgebung, um sich eventuell nähernde Personen zu melden. Das Wetter war allerdings so grottig, dass nicht einmal Autos auf der Brücke unterwegs waren.

„Wenn ich nicht im Fluss ersaufe, dann im Regen", murmelte Gianna, bis auf die Haut nass, weil irgendwann der stärkste Regenschutz versagte. Zudem lief inzwischen das kalte Wasser in ihre Gummistiefel, denn sie war tief im Matsch eingesunken. Mühsam zerrte sie die Stiefel heraus.

„Soll ich dich ablösen?", flüsterte Marcus.

„Nein, lass mal. Das ist meine Aufgabe. Habe ich ihn reingeworfen, muss ich ihn auch wieder raus puzzeln. Als Geistwesen konntest du ihn nicht anfassen, jetzt solltest du es lieber nicht tun." Die Angel hakte. „Lass es bitte nicht wieder nur altes Werkzeug sein!", murmelte sie, langsam der Verzweiflung nah. Sie zerrte an der Rute, verlor, was sich festgehängt hatte, und warf sie nochmal auf die gleiche Stelle.

„Mitternacht", hörte sie Marcus sagen.

„Ich glaube, das war das Zauberwort", hauchte Gianna, begeistert den rostigen Dolch an Land ziehend. „Nimm bitte das schwere Angelzeug und nichts wie weg!"

Sie hatten das Auto ein paar Minuten zu Fuß von der Brück weg abgestellt, um ganz sicher zu sein, nicht erwischt zu werden.

„Bloß gut, dass ich auf dich gehört und heute Nachmittag noch die Nässeschutzbezüge auf die Vordersitze gemacht habe!", stöhnte Marcus. „Wir sind ja wirklich nass, als hätten wir im Fluss gebadet."

Gianna ließ zwar die schlammigen Gummistiefel im Auto. Trotzdem sorgten sie an der Rezeption des Hotels für Aufsehen, zu so nächtlicher Stunde.

„Um Himmels willen! Was ist geschehen? Brauchen Sie Hilfe?"

„Nein, alles bestens. Wir hatten uns nur in der Dunkelheit auf dem Weg zum Parkplatz verlaufen, und haben das volle Regenprogramm abbekommen", sagte Marcus geistesgegenwärtig. „Schlammpackungen sollen aber gut für die Haut sein."

„Wenn man vorher die Kleidung auszieht!", lachte der Nachtportier.

„Wieder was gelernt", grinste Marcus, dem Portier einen ruhigen Dienst wünschend.

Dann schlenderte er mit Gianna zum Zimmer. Kaum war die Tür verschlossen, nahm Gianna den Dolch aus der Innentasche des Regenmantels und legte ihn auf ein altes Handtuch, das in der Reisetasche gesteckt hatte. Ehe sich beide auszogen, um zu duschen und sich nachtfertig zu machen, betrachteten sie ihr Fundstück eingehend.

„Er ist es. Ich kann mich deutlich an die Form des Griffes erinnern", sagte Gianna. „Ein

Wunder, wie gut er insgesamt erhalten ist, nach allem, was er durch hat."

Marcus nickte. „Irrtum ausgeschlossen. Genau solche Dolche haben Prätorianer und Gladiatoren unter Gaius Caesar Augustus Germanicus getragen. Hoffentlich kannst du nun endlich wieder ruhig schlafen."

„Das hoffe ich auch."

Erst einmal war richtig heißes Duschen angesagt, um keine Erkältung zu bekommen. Dann brühte sich Gianna noch einen Kräutertee, als Marcus unter der Dusche stand. Die kalte Nässe über Stunden war äußerst unangenehm gewesen. Aber die Aktion hatte sich gelohnt.

Am Morgen lugte die Sonne wie frisch poliert ins Zimmer.

„Ach, schau an! Und das, wo es keine Zufälle gibt!", schmunzelte Marcus. „Das Wetter der Nacht ist uns wohl von höchster Stelle gesandt worden, um unentdeckt zu bleiben."

„Davon gehe ich stark aus, weil sich Petrus als ehemaliger Fischer sicher auch mit dem Nachtangeln auskennt", blinzelte Gianna. „Und mit dem Netzewerfen, wie ein Retiarius, erst recht.

Er hatte also viele Gründe, uns zu unterstützen."

„Zudem sind aller guten Dinge drei. Du hast mich erlöst, du hast die rote Tafel und nun den Dolch", merkte Marcus an.

„Deswegen wünsche ich mir das Vierte als Zugabe", verriet Gianna.

„Das Vierte?", überlegte Marcus angestrengt.

„Hinten am Haus, gleich neben der Grillecke, ist doch diese rechteckige Fläche an der Fassade", erklärte Gianna versonnen. „Für die wünsche ich mir ein Mosaik, das einen übermannsgroßen siegreichen Retiarius in voller Bewaffnung darstellt. So ein richtiges Heldendenkmal."

„Wirklich?", staunte Marcus. „Oh, da war es wieder, unser Lieblingswort. Eine wirklich grandiose Idee." Wobei er das Lieblingswort extra betonte. „Da weiß ich doch, was wir uns gemeinsam zur Hochzeit wünschen. Hast du denn schon einen Künstler ins Auge gefasst?"

„Nein. Ich hoffe wieder auf den Zufall", blinzelte Gianna.

„Dem habe ich heute Morgen, als du noch geschlafen hast, schon was abgeluchst", lachte Marcus. „Ich habe vier Karten für das Festa del Nodo d'Amore im Juni nächsten Jahres vorbestellt. Für uns und meine Eltern. Das soll sozusagen gleich deine Geburtstagsfeier werden. Wenn die Visconti-Brücke schon unser Schicksal ist, dann richtig."

„Juhuuu! Du bist der liebste Schatz auf der ganzen Welt!" Gianna flog Marcus regelrecht an die Brust, wobei sie ihn quer übers Bett warf.

„Falls du mich bis dahin nicht umbringst", lachte er, die heißen Küsse nur zu gern erwidernd. „Ich habe auch gleich zwei Zimmer für je drei Übernachtungen hier im Hotel gebucht, weil die Karten aus dessen Kontingent stammen werden."

„Super!"

Den herrlich sonnigen Tag verbrachten sie damit, alles zu erwandern, was in Valeggio sehenswert war. Marcus las Gianna in der Tat jeden Wunsch von den Augen ab, weil er fühlte, dass die nächtliche Aktion das in grauer Vorzeit Gewesene endgültig abschloss.

„Lassen wir den Dolch restaurieren?", fragte er abends bei einem Glas Wein.

Gianna überlegte lange. „Nur in der Form, dass der Rost entfernt wird. Oder lieber doch komplett? Hm. Wie du siehst, bin ich diesbezüglich echt unschlüssig. Wie er erhalten bleibt, ist egal. Wichtig ist, dass er es bleibt."

„Wir reden mit einem Spezialisten", schlug Marcus vor. „Was der sagt, wird gemacht."

„Einverstanden."

Niccolò stellte den Kontakt zu einem Restaurator her, der so beinahe alles wieder zum Funktionieren brachte, was aus Metall war, besonders Hieb und Stichwaffen. Gianna und Marcus fuhren zu seiner Werkstatt, nachdem sie auf YouTube einige seiner Filme über die Arbeit an historischen Waffen angeschaut hatten.

Er begrüßte beide sehr warmherzig, was ein gutes Gefühl aufkommen ließ. Klar gab er ihnen die Zeit, ganz in Ruhe die Waffen zu betrachten, die noch von anderen Kunden darauf warteten, wieder Prunkstücke zu werden. Dann erst ließ er sich Marcus' Dolch zeigen.

Er nahm ihn vorsichtig in die Hand. „Wow, ist das ein Prachtstück! Es hat Seele. Erstes Jahrhundert, Prätorianerdolch."

„Stimmt", bestätigte Marcus.

„Groben Rost entfernen, schauen, was drunter ist, Schneide schleifen, denn die ist solide und dürfte unterm Rost nicht mal Löcher haben. Höchstens ein paar Mulden im Metall, die das

Alter betonen würden. Denn ein bisschen Patina macht bei solch uralten Stücken erst den Reiz aus", erklärte der Meister. „Das sieht in etwa wie bei diesem Schwert aus." Er nahm eins von der Wand. „Das ist drittes Jahrhundert und in ähnlichem Erhaltungszustand bei mir angekommen."

„Sie haben den Auftrag!", rief Marcus sofort.

„Prima. Ich könnte den Dolch bis Weihnachten fertig haben."

„Perfekt", freute sich Gianna.

„Weihnachten war das Stichwort", merkte Marcus unterwegs an. „Planen wie mit unseren Eltern den ersten Feiertag bei uns ein?"

„Gern. Wobei ich bezweifle, dass meine Interesse bekunden werden", erwiderte Gianna traurig.

Genau so kam es auch. Die della Torres sagten freudig zu, die Martinellis gingen zwei Tage gar nicht an die Handys. Am dritten bekam Gianna zu hören: „Eher nicht. Wir haben schon was vor."

„Passt es euch an einem der anderen Tage besser?", hakte Gianna nach, weil sich die Schwiegereltern auch da Zeit genommen hätten.

„Da muss ich erst mal in den Kalender schauen. Wahrscheinlich aber nicht", redete sich ihre Mutter heraus.

„Na gut, dann eben nicht", erwiderte Gianna. „Viel Spaß!"

Marcus schüttelte mit finsterem Gesicht den Kopf. „Was für ein Zirkus! Machen wir uns halt zu viert einen richtig gemütlichen Tag. Da wissen wir wenigstens, dass es bei den traditionellen Spielchen um ein paar Münzen keine pikierten Blicke gibt."

Am achten Dezember, wie in Italien üblich, stellten sie die Tanne auf und schmückten sie festlich. Am Zehnten durften sie ihren Dolch abholen.

„Ein absoluter Traum!", waren sie sich einig. Unter dem Rost waren diverse gut erhaltene Verzierungen am Griff zum Vorschein gekommen, die der Meister perfekt nachpoliert hatte. Sie kauften gleich noch einen verglasten Wandrahmen zu, damit sie ihn unter der Marmortafel aufhängen konnten.

Dass Giancarlo sofort fragte, woher das Prachtstück stamme, war glasklar gewesen.

„Gianna hat ihn letzten Monat im Mincio gefunden", antwortete Marcus wahrheitsgemäß und zeigte ein paar Fotos vom Fundtag und kurz vor der Restauration.

„Also eine auf alt getrimmte Replik vom Flohmarkt, wenn ich das richtig interpretiere", sagte Giancarlo sofort mit treuherzigem Blick. Es wäre weit unter seiner Ehre gewesen, Gianna anzuschwärzen. Auf das im Takt Nicken von Marcus und Gianna, begann auch Violetta zu lachen. Allerdings murmelte sie wenig später verunsichert: „Ich wundere mich trotzdem, dass er im Wohnraum hängt. Marcus hatte sein ganzes bisheriges Leben lang Horror vor solchen Waffen. Weil ... weil ... er hat ja als Kind immer erzählt, er wäre im alten Rom Gladiator gewesen. Und man habe ihn nachts erdolcht."

„Wie viel Wahrheit erträgst du?", fragte Gianna, einen Blick mit Marcus wechselnd.

„Wie meinst du das?", hauchte Violetta.

„Wörtlich. Ich denke, es ist an der Zeit, euch zu erklären, wie ich Marcus geheilt habe."

Giancarlo wies wortlos eine dicke Gänsehaut auf seinem Arm vor.

Violetta rieb sich die Schläfen. „Fang einfach an."

Worauf Gianna fast zwei Stunden berichtete und Marcus immer wieder nickte. „Und heute hängt genau dieser Dolch, mit dem alles begann, hier, um immerwährendes Glück zu garantieren. Ich würde es nicht ertragen, brächte man ihn in ein Museum und stellte ihn aus. Er ist unser Schicksal."

„Das Wort auf der Marmortafel ist auch kein Zufall", erzählte Marcus weiter. „Es ist unser Lieblingswort. Mal mit Fragezeichen, mal mit Ausrufezeichen. Dass der Marmor dunkelrot ist, ist genau so wenig grundlos. Er symbolisiert das Blut, das uns verbunden hat. Ja, wir haben uns ‚vere' gefunden und böse Flüche sind Vergangenheit."

Giancarlo wischte ein paar Tränen fort und nahm Gianna fest in die Arme. „Danke."

Violetta schloss sich wortlos an. Ihre Kehle war wie zugeschnürt.

Gianna schmiegte sich an Marcus. „Weil ich Netzkämpfer nun mal aus tiefstem Herzen verehre, speziell diesen hier, habe ich noch was ausgeheckt, um dem Haus den besonderen altrömischen Touch zu verleihen. Ich möchte ein riesiges Mosaik für die Wand neben der Grillecke anfertigen lassen. Ein Heldenbild in voller Bewaffnung, wie er sie getragen hat."

„Klingt interessant", gab Violetta zu, noch einmal mit scheuem Blick den Dolch musternd. Jetzt, wo sie wusste, dass Marcus immer von wirklich Erlebtem gesprochen hatte, konnte sie seine Panik verstehen, wenn jemand ein langes Messer in die Hand genommen hatte.

Giancarlo dachte praktisch. „Was haltet ihr von einer Finanzspritze dafür als Hochzeitsgeschenk?"

„Viel!", antworteten beide wie aus einem Mund.

Der schönste Sieg des Retiarius

Ihre fertigen Einladungen zur Hochzeit holten sie am dritten Januar bei Niccolò ab. Er hatte zwei strahlend weiße hauchzarte Täfelchen kreiert, die fast an Porzellan erinnerten. Isabella war mit den Umschlägen auch pünktlich fertig geworden.

„Zauberhaft. Einfach zauberhaft", staunte Marcus.

Die Einladung zur standesamtlichen Trauung lautete auf 10 Uhr im Complesso Vignola Mattei, an den Thermen des Caracalla. Anschließend gemeinsame Fahrt im Sondertaxi zum Restaurant La Pergola im Fünf-Sterne-Hotel Rome Cavalieri. Abendessen auf dem Anwesen della Torre, inklusive individueller Taxifahrten mit beliebiger Zeit nach Hause. Also eine Luxushochzeit mit Feier hoch über den Dächern von Rom mit grandioser Aussicht auf die ganze Altstadt.

Marcus verschickte sie am nächsten Tag per Boten an beide Elternpaare.

Giancarlo meldete sich sofort. „Aber natürlich nehmen wir mit großer Freude die Einladung an. Von der Art des Informationsträgers ist uns glatt die Luft weggeblieben. Wie seid ihr denn darauf gekommen?"

„Das war Giannas Idee", schmunzelte Marcus. „Geschaffen worden sind die kleinen Wunder von einem ihrer Freunde. Dem Bruder des Steinmetzes, der unsere vere-Tafel gemeißelt hat."

Was nach der Übergabe des schwergewichtigen Briefes bei Giannas Eltern abging, wäre Stoff für eine schlechte Komödie gewesen. Die erste Reaktion war: „Wir haben gar nichts bestellt."

Der Bote blieb betont freundlich. „Es handelt sich um einen Brief und keine Lieferung."

„Warum ist der dann so schwer?"

„Schauen Sie am besten hinein, um das zu ergründen", schlug er vor, die Unterschrift einholend, dann kaum merklich kopfschüttelnd zum Auto laufend. Er war froh, erst die andere Adresse angesteuert zu haben, wo man mit einem dankbaren Lächeln die Sendung quittiert hatte.

Es kam natürlich auch erst mal ein paar Tage keine Reaktion bei den Absendern an.

„Ich habe nichts anderes erwartet", sagte Gianna Schulter zuckend.

Marcus schaute Gianna fest an, nahm das Telefon zur Hand und sagte einen Augenblick später: „Hallo Vater! Würde es euch sehr stören, wenn wir sechs Personen zur Hochzeit einladen, die ihr nicht kennt?"

„Nein, keineswegs! Es ist euer Tag!"

„Sehr gut. Giannas Eltern spielen offenbar auf Zeit und ich möchte ihnen, so sie doch kommen, einen kleinen Schock versetzen."

Giannas Augen konnten es inzwischen mit einem Teller aufnehmen. „Was hast du vor?"

„Wirst du gleich merken", rieb er sich die Hände, die nächste Nummer wählend.

„Hallo Niccolò! Ja, bei uns ist alles bestens. Ich habe einen Anschlag auf dich, deinen Bruder und eure Frauen vor. Ich möchte euch zu unserer Hochzeit einladen. Ja, es liegt mir sehr viel daran, dass Gianna diesen Tag mit all jenen feiern kann, die ihr am Herzen liegen. Auch wenn du den Text kennst, schicke ich euch eine schriftliche Einladung. Oh, super. Wir freuen uns auf euch!"

Giannas freudiges Erschrecken war in starkes Herzklopfen übergegangen. Wer mochten nur die anderen beiden sein? Das würde sie sicher gleich erfahren, denn Marcus wählte, sehr breit grinsend, die nächste Nummer.

„Guten Tag, hier ist Marcus della Torre. Nein, nichts Schlimmes. Ich möchte Sie und Ihre Frau am 20. März als Überraschungsgäste für Gianna zu unserer Hochzeit einladen. Sie steht neben mir, soll aber nicht erfahren, mit wem ich gerade telefoniere." Er zog eine lustige Grimasse. „Oh, das ist super! Die schriftliche Einladung lasse ich Ihnen umgehend zukommen. Auf Wiederhören!"

„Ich brauche jetzt sicher nichts fragen", stotterte Gianna.

„Nein. Mein Geheimnis." Marcus tippte die nächste Nummer ein. Es war die des Restaurants. Sechs Gäste mehr waren kein Problem, der Vertrag würde in wenigen Augenblicken per Mail kommen. „Im Complesso Vignola Mattei sind für die Handvoll Personen, die wir im Gefolge haben, immer genügend Stühle frei. Fast fertig. Ich muss rasch die Einladungen schreiben."

So standen sie eine Stunde später im Atelier eines Malers und suchten original aquarellbemalte Klappkarten mit Umschlägen heraus. Er füllte sie auch gleich kaligraphisch aus und schrieb die Adressen. Nicht mal jetzt bekam Gianna heraus, wer die beiden geheimnisvollen Gäste sein mochten. Marcus hielt sich geschlossen, wie eine Auster, und der Maler deckte das, was Gianna nicht sehen sollte, mit einem Streifen Papier ab.

Weil es nur ein kleiner Umweg war, brachte sie die Einladungen für Giannas Freundeskreis auch direkt persönlich in die Marmorwerkstatt.

„Und? Wie haben deine Eltern reagiert?", fragte Niccolò sofort Gianna.

„Gar nicht!", brummte Marcus. „Was für mich der schnelle Anlass war, all diejenigen einzuladen, denen Gianna mehr bedeutet. Wir werden, falls ihre Eltern doch kommen, 12 Personen zur Feier sein. Keine Geschenke! Wir wollen nur eine schöne Zeit mit euch haben."

Die geheimnisvolle letzte Karte, wurde von einem Boten überbracht.

„Du musst den Taxibus umbestellen und den Cateringservice", mahnte Gianna.

„Ach herrje! Stimmt!" Marcus tätigte rasch auch diese Anrufe. „Jetzt muss nur noch dein Brautkleid pünktlich fertig werden. Haben wir wirklich alles bedacht?"

„Bestuhlung?"

„Sind genügend gleiche Polsterstühle im Keller", gab Marcus bekannt. „Die Hussen, Decken und Servietten werden gebracht. Uns stehen zwei Kellner zur Verfügung. Mein Weinkeller ist bestens gefüllt, das Alkoholfreie ist auch reichlich vorhanden. Zudem bringen sie was mit."

„Dann sollte alles in Ordnung gehen. Vere!", blinzelte Gianna. Ihn auf die fehlenden Brautschuhe hinzuweisen, verkniff sie sich. Er war schon aufgeregt genug.

In der darauffolgenden Woche konnten sie das Designer-Kleid abholen. Und jetzt bat Gianna, gegenüber nach Schuhen Ausschau zu halten.

„Ich habe doch geahnt, dass irgendwas fehlt!", rief Marcus erschreckt, sich ebenfalls exquisite Schuhe zum Anzug aussuchend.

Er ging in Gedanken noch einmal die Liste durch. Zum Brautkleid passenden Schmuck hatte er heimlich besorgt, der Friseur für Gianna war gebucht. Musste nur noch das Wetter mitspielen.

Das war der Punkt, der Gianna die wenigsten Sorgen machte. „Erstens gibt es Regenschirme und zweitens wird Petrus einem Netzwerfer nicht den schönsten Tag verderben. Warum sollte er uns ausgerechnet da nicht wohlgesonnen sein?"

Ihre Eltern hatten sich per völlig unpersönlicher Mail gemeldet, dass sie kommen würden.

Marcus zog ein finsteres Gesicht. „Bist du sicher, dass sie deine Eltern sind?", fragte er eher scherzhaft provozierend.

„Ich werde es auf der Hochzeit zu ergründen versuchen", schwor Gianna. „Sie behandeln mich ja schon von klein auf wie einen Fremdkörper. Es gibt aber auch keine anderen Verwandten, von denen ich Kenntnis hätte. Ganz sicher weiß ich nur, dass ich Gianna heiße, und das Datum, an welchem ich in Rom geboren bin." Sie holte sogar ihre Personaldokumente herbei. „Sieh mal da!", rief sie plötzlich. „Mir ist noch nie aufgefallen, dass meine Geburtsurkunde ein Datum trägt, das fast zwei Jahre nach meiner Geburt liegt. Ich habe die Jahreszahl für schlecht mit der Hand geschrieben gehalten und nie mit dem Stempel auf der Rückseite verglichen."

„Das kann gleich mehreres bedeuten", überlegte Marcus. „Sie könnten erst später geheiratet haben, und sie ist wegen des Namens angeglichen worden. Du könntest aber auch einen anderen Vater haben, als den, den du dafür hältst. Oder aber sie sind beide nicht deine leiblichen Eltern. Im zweiten Fall könnte zumindest ein plausibler Grund ersichtlich sein, dass sie dich als unliebsames Anhängsel betrachten und behandeln. Ich weiß jedenfalls ganz sicher, dass du die Frau meiner Träume bist, und ich dich morgen heiraten werde", erklärte er, ihr einen zärtlichen Kuss auf die Lippen hauchend. „Und ebenso sicher weiß ich, dass dich meine Eltern wie ein eigenes Kind lieben."

Gianna strahlte. „Genau so fühle ich mich auch von ihnen umsorgt."

Der nächste Tag begann mit dem herrlichsten Sonnenschein und postkartenblauem Himmel. Marcus verehrte seiner Braut den wahrhaft königlichen Aquamarinschmuck als Morgengabe, den er geheim gehalten hatte. Gianna tupfte schon jetzt unzählige Tränen fort. Nach dem Frühstück machten sich beide getrennt für den großen Auftritt bereit, denn Marcus wollte das Kleid nach alter Tradition erst vorm Traualtar sehen. Er fuhr auch eine halbe Stunde eher als Gianna mit einem Taxi weg, um bloß nicht versehentlich einen Blick zu erhaschen.

Seine Eltern waren als Erste vor Ort gewesen. Nun nahmen sie gemeinsam die eintreffenden Gäste in Empfang.

„Ich kenne Giannas Eltern und werde draußen warten. Machen Sie sich für den großen Augenblick bereit", erbot sich Niccolò. „Im ganz widrigen Fall sollte ich als Brautführer fungieren, denn ich bin der Dienstälteste aus Giannas Freundeskreis."

Kaum waren die della Torres gegangen, traf Gianna ein. Und als drinnen Augenblicke später die Musik erklang, war klar, dass Niccolò für Gianna diesen Part übernehmen werde. Er blinzelte ihr zu, sie blinzelte zurück und schritt an seiner Seite ihrem zukünftigen Gemahl entgegen.

Aus den Augenwinkeln bemerkte sie noch, dass ihre Eltern eintraten, als gerade die Türen geschlossen werden sollten. Dann war sie auch mit allen Sinnen in der ergreifenden Zeremonie gefangen.

Das „sì" sagten beide mit fester Stimme, die keinen Zweifel an irgendetwas ließ.

Der Kuss für die überglückliche Braut fiel so sinnlich aus, dass alle begeistert Beifall klatschten. Im Hinausgehen am Arm ihres Gatten nickte sie ihren Eltern einen Gruß zu, ohne sich aufhalten zu lassen. Er hatte keinen Grund zu grüßen, er kannte die plötzlich aufgetauchten Fremden nicht. Und auch die anderen verhielten sich äußerst distanziert. Gianna bekam mühlradgroße Augen, als sie den vergnügt lächelnden Alessandro mit seiner Frau in der zweiten Reihe erspähte. Das war also die Überraschung! Und die war gelungen.

Der festlich geschmückte Bus stand schon da. Marcus und Giancarlo halfen Gianna beim Einsteigen. Erst jetzt bemerkten sie, dass einer der Fotografen gar nicht von der gebuchten Agentur stammte.

„Schau an, schau an, ein professioneller Paparazzo!", schmunzelte Lorenzo. „Welche Gazette wird wohl morgen von der Hochzeit berichten?"

„Oh je! Wenn es wieder der Kultursender zur Frühstückszeit ist, platzt Rudolfo doch noch vor Wut", erschreckte sich Alessandro.

„Erzähle!", rief ihm Gianna zu, worauf er erklärte, wie der benachbarte Eisdielenbesitzer nach dem Interview mit ihr auf der Straße seinen Frust abgelassen hatte. Alle lachten.

Giannas Eltern zogen die Köpfe ein. Offensichtlich begann es langsam zu dämmern, dass

Gianna ein völlig anderes Leben lebte, als sie sich vorstellten. Und dass es sie wenig beeindruckte, von ihnen gemieden zu werden. Der Hieb, Niccolò als Brautführer zu sehen, hatte ordentlich gesessen. Die zaghaften Blicke in die Runde zeigte deutlich, dass jeder der Anwesenden nicht irgendjemand war. Alle bewegten sich in der Galarobe, als sei es der übliche Lebensstandard. Der unbekannte Schwiegersohn schien nicht unbetucht zu sein, denn Giannas Schmuck sah nicht nach Swarovski-Kristallen aus. Zudem drückte die Schwiegermutter gerade mit einem herzlichen Lachen Giannas Hände.

„Verrätst du uns, wer dein Kleid designt hat?", bat Isabella.

„Justin Alexander", erwiderte Gianna kurz.

„Die Wette hätte ich gewonnen!", rief Lorenzo triumphierend. „Diese filigranen langärmeligen Spitzen-Oberteile sind genau sein Stil. Sie erinnern mich an die Werke von Michelangelo. Die fließend gebundenen blutroten Rosen sind genau so traumhaft."

Marcus schmunzelte: „Traumfrau – Traumkleid – Traumstrauß". Denn die meisten ahnten die Preiskategorie.

„Na, wo er recht hat!", blinzelte Giancarlo.

Der Bus hielt vor dem Nobel-Hotel. Im Saal ergriff Gianna die Gelegenheit, ihre Eltern ihrem Ehemann und den Schwiegereltern vorzustellen. Nicht umgekehrt. Der nächste Hieb, der saß. Giancarlo wechselte einen zufriedenen Blick mit Marcus.

Nach dem fürstlichen Mehrgänge-Menü fragte Niccolò in den angeregten Unterhaltungen: „Habt ihr die Carcere Mamertino, die Mamartinischen Kerker, auch im Plan bei euren Latein-Vorträgen?"

„Aber natürlich", gab Gianna Auskunft. „Wir jungen della Torres haben eine besondere Affinität zu Petrus, der dort inhaftiert gewesen sein soll."

Wir della Torres – zack, der dritte tiefe Treffer. Violetta drückte unterm Tisch Giancarlos Hand. Sie hatte Mühe, das innere schadenfrohe Lächeln, nicht nach außen durchdringen zu lassen.

„Marcus designt gerade die 3-D-Sequenzen für das Begleitvideo. Ab sofort findet auch die italienische Variante der Vorträge statt, jedes Mal genau einen Samstag später als die Latein-Version. Und immer im Museum meines Schwiegervaters", erzählte Gianna weiter.

„Wir werden mit derart Vorträgen weitermachen, solange uns nicht die Ideen ausgehen und wir Spaß an der Sache haben", fügte Giancarlo verschmitzt lachend hinzu. „Das kann also noch ein bisschen dauern, denn wie die meisten wissen, bin ich Professor für Geschichte des Mittelalters und der frühen Neuzeit."

Alessandro seufzte tief mit einer lustigen Grimasse. „Gianna, darf ich, einen Professor betreffend, aus dem Nähkästchen plaudern?"

Gianna und Marcus nickten belustigt, weil die ahnten, was jetzt kommen werde. Die anderen brachen kurz drauf in schallendes Lachen aus. Am meisten aber Giancarlo.

„Ist das herrlich! Jetzt kann ich endlich den Gesichtsausdruck von Mario Ponti beim ersten Vortrag deuten! Und ich kann mir bestens vorstellen, wie es in dir ausgesehen haben muss, als ich mich in Orvieto wegen meines Jobs geoutet habe", japste er, an Gianna gewandt. „Zumal es bei dir offenbar wirklich keine Zufälle gibt. Jetzt hast du den alten Professor als Familien-Zugabe und wir schwadronieren gemeinsam über Pozzolane. Dein Retiarius hat heute jedenfalls seinen wohl schönsten Sieg errungen."

„Oh ja, das hat er!", bekräftigte Marcus, Gianna zärtlich küssend.

„Da fällt mir Giannas Wunsch nach einem Heldendenkmal ein", sprach Giancarlo weiter, ein Bild aus der Jackentasche ziehend. „Wie wäre es damit?"

„Haaaaa, oh mein Gott! Das ist überwältigend!", stammelte Gianna. Denn es war das Foto eines Mosaiks, dessen athletische Zentralfigur Marcus' Gesichtszüge trug – ein Retiarius', der über einen Secutor triumphierte.

„Es ist eine leicht veränderte wetterfeste Replik, zweifünzig hoch und sollte perfekt an die zugedachte Wand passen", sprach Giancarlo weiter. „Es wird am Montag im Laufe des Vormittags bei euch eintreffen."

Gianna drückte Violetta und ihn ganz fest. „Mir fehlen die Worte!"

„Geht mir genau so", murmelte Marcus, seine Eltern dankbar umarmend.

„Dann ist doch die Überraschung richtig gut gelungen!", strahlten die alten della Torres.

Giannas Eltern saßen wie erstarrt, als das Bild reihum ging. Gianna wurde wie eine Halbgöttin in der Fünf-Sterne-Welt behandelt, in der sie offenbar nicht erst seit heute lebte.

„Soll ich euch ein schickes altrömisch getuntes Marmorschild für eure Firmen für die Fassade entwerfen?", hörten sie Lorenzo fragen.

„Aber gern!", rief Marcus sofort. „Marcus & Gianna della Torre, die Berufsbezeichnungen, Firmenlogos und Telefonnummern."

„Na, das sollte ich doch hinkriegen!", lachte der Steinmetz.

Als der Bus die Feiernden am Abend zum Domizil der Frischvermählten brachte, verloren die Martinellis endgültig die Fassung. Alessandro freute sich gleich noch mehr über die Ehre, die ihm zuteilgeworden war. Der Partyservice hatte zwei Tage vorher Bestuhlung und Technik aufgebaut, jetzt waren in Minutenschnelle die Speisen bereitet. Der Fußboden im Wohnraum hatte eine strapazierfähige Abdeckung bekommen und so konnte auch nach Herzenslust getanzt werden.

Gianna nahm in einem günstigen Moment ihre Eltern beiseite. „Ich möchte gern verstehen, warum ihr mir gegenüber solch ein Theater spielt. Ist es die Tatsache, dass ich erfolgreicher bin, als ihr selbst? Oder was steckt dahinter?"

Zur gleichen Zeit fragte Marcus beunruhigt: „Wo sind sie hin?"

„Gianna hat sie ins Gebet genommen", grinste Giancarlo.

Zwanzig Minuten später tauchten die drei Vermissten wieder auf. Die Martinellis wirkten deutlich entspannter als in den vorangegangen Stunden. Und sie strahlten.

„Ahhhh, da war eindeutig die Meisterin des verlorenen Lächelns am Werk!", staunte Violetta, die nichts von der Aussprache mitbekommen hatte, sich nun zu den dreien gesellend, um vielleicht ein bisschen über den plötzlichen Sinneswandel zu erfahren.

Aber da musste sie sich wohl gedulden, denn Gianna lenkte die Unterhaltung ganz bewusst auf Unverfängliches.

Auffällig war nur, dass sich Giannas Eltern am Ende des Abends von allen mit festem Händedruck verabschiedeten. Von Niccolò sogar mit einem dankbaren Schulterklopfen.

Der Cateringservice packte 23:30 Uhr zusammen.

Ein Fels in der Brandung

Giancarlo und Violetta hatten ihr Taxi erst für 24 Uhr bestellt. Es blieb also noch ein bisschen Zeit, um Gianna auszufragen.

„Setzt euch und haltet euch gut fest", begann Gianna das Gespräch, mit einem überaus breiten, deutlich amüsierten Grinsen. „Ich bin die Halbschwester von Mario Ponti."

Marcus brach in schallendes Lachen aus. „Das ist so verrückt, dass es zu allem passt, was bisher geschehen ist. Es gibt wirklich keine Zufälle."

Giancarlo legte, ebenfalls grinsend, beide Hände an seine Wangen, Violetta rissen die Augen auf und wies eine deutliche Gänsehaut auf ihren Armen vor.

„Also trifft Variante zwei meiner Herkunft zu, die Marcus ins Auge gefasst hatte, dass mein Vater nicht mein Erzeuger ist", erzählte Gianna weiter. „Der Herr Papa Ponti scheint es wie sein Sohn gehalten zu haben, immer mal ein Blümchen nebenbei zu bestäuben."

Diesmal prustete sogar Violetta los. Giannas sarkastischer Tonfall animierte regelrecht dazu.

„Jedenfalls ist das der Grund für das merkwürdige Ausstellungsdatum meiner Geburtsurkunde. Renzo hat meine Mutter kennengelernt, als sie im fünften Monat war. Sie haben zwei Jahre später geheiratet."

„Das erklärt aber nicht zu 100 Prozent, warum sie dir gegenüber so merkwürdig reagiert haben", murmelte Giancarlo.

Gianna seufzte. „Bei meiner Geburt ist irgendwas schiefgegangen, meine Mutter konnte keine weiteren Kinder bekommen. Statt bei sich selber zu suchen, warum ich überhaupt entstanden bin, hat sie mich dafür verteufelt. Renzo tickte genau so und da haben sie mich halt nur aufbewahrt, statt mich als Kind lieben. Sie beide hat es nie interessiert, wie ich klarkomme. Aber stets herrschte eine deutliche Schadenfreude, wenn etwas nicht so lief, wie ich es erwartet hatte.

Es war jedenfalls eine glückliche und auch nicht zufällige Fügung, dass mich Niccolò zu meiner Trauung geführt hat. Er war immer wie ein großer Bruder für mich. Seine Familie waren die Ersten, die mich spüren lassen haben, dass ich kein wertloser Abfall bin. Seinem Vater verdanke ich, was ich heute bin. Er hat inmitten der Marmorskulpturen und Inschriften in seinen

Werkstätten die Liebe zum Latein und dem antiken Rom entfacht."

„Deswegen haben die Brüder sofort alles stehen und liegen lassen, als wir Hals über Kopf deine Wohnung leergeräumt haben", sagte Marcus mehr zu sich.

Gianna nickte. „Sie haben mir den unbeugsamen Willen eingeimpft, ein Fels in der Brandung zu sein, statt ein Sandkorn, das von jeder winzigen Welle ziellos umhergewirbelt wird. Dass sie dich sofort wohlwollend als meinen Partner akzeptiert hatten, war eine weitere wirklich wundervolle Fügung."

Marcus nickte. „Es war vom ersten Augenblick an ein Gefühl, als gehöre ich schon ewig dazu."

„Was wirst du mit dem Wissen um deinen biologischen Vater machen?", fragte Giancarlo.

„Nichts", kam sofort die Antwort. „Das würde erst ein Thema werden, wenn wir Nachwuchs hätten, der sich für jemanden aus dieser Familie interessiert oder umgekehrt. Wobei man nicht wissen kann, wer vielleicht noch alles keinen Schimmer hat, dort seinen Ursprung zu haben.

Ich habe ihnen verziehen, weil es mich schon

lange nicht mehr beeindruckt hat, mich zu ignorieren. Es dürften nun aber entspanntere Verhältnisse einziehen."

Marcus nahm sie fest in den Arm. „Amtlich verbürgt ist, dass du mein angetrauter Schatz bist und ich dich immer mit allen Kräften behüten werde."

Gianna lächelte glücklich. Die Schwiegereltern nickten begeistert. Gianna hatte schon oft gesagt, sich wie eine leibliche Tochter bei ihnen zu fühlen.

Es klingelte.

„Oh, unser Taxi", murmelte Giancarlo. Er verabschiedete sich mit Violetta herzlich von seinen Lieben. „Habt eine zauberhafte Hochzeitsnacht", wünschten sie vergnügt blinzelnd.

Die Frischvermählten nickten begeistert. Sie schauten noch einmal in allen Räumen nach, dass alles in Ordnung sei, löschten das Licht und wandelten langsam zum Schlafzimmer.

„Ich weiß noch was ganz sicher", flüsterte Marcus, Gianna auf den Armen über die Schwelle tragend. „So wahr wir della Torre heißen, werden wir immer weiter gemeinsam aufwärts gehen. Schön gemächlich und nicht zu steil, weil es sonst schnell anstrengend werden kann. Die Helixstufen des Pozzo di San Patrizio sollen ein Sinnbild dafür sein."

„Das werden wir tun!", bekräftigte Gianna. „Denn mancher Brunnen ist, genau genommen, eine Art gemauerter Turm in der Erde. Es gibt keinen Zufall."

Alles andere versank in einem langen Kuss und einer heißen Nacht, die den schönsten Sieg des Retiarius krönte: die tiefe Liebe einer wundervollen Frau errungen zu haben.

ENDE

Weitere Liebesromane:

Teil 1   **Teil 2**

Teil 1   **Teil 2**   **Teil 3**

Teil 1   **Teil 2**

Hörbücher für Kinder und Erwachsene

Noch mehr Bücher und Informationen unter:
www.reni-dammrich-geschichtenzauber.de
www.sinas-drachen.com